KB154369

붉은
까
마
귀

붉은 까마귀

초판 1쇄 발행 2023년 2월 10일

지은이 설흔, 박현찬
그린이 오요우
펴낸이 이수미
편집 김연희
북디자인 하늘민
마케팅 김영란, 임수진

종이 세종페이퍼 인쇄 두성피엔엘 유통 신영북스

펴낸곳 나무를 심는 사람들
출판신고 2013년 1월 7일 제2013-000004호
주소 서울시 용산구 서빙고로 35 103동 804호
전화 02-3141-2233 팩스 02-3141-2257
이메일 nasimsabooks@naver.com
블로그 blog.naver.com/nasimsabooks
인스타그램 instagram.com/nasimsabook

ⓒ 설흔, 박현찬, 2023
ISBN 979-11-90275-86-6 (44810)
    979-11-90275-27-9 (세트)

붉은
까마귀

설흔·박현찬 장편소설

나무를 심는 사람들

서장

　흐드러진 봄날이었다. 겨우내 집 안에만 갇혀 지냈던 더벅머리 아이들이 따스한 기운을 참지 못하고 골목으로 뛰어나왔다. 마을 뒤편으로 봉긋하게 솟은 언덕에서는 희고 검은 나비들이 새로 피어난 꽃들을 마음껏 희롱하는 중이었다. 개울에 둘러앉은 아낙네들은 수다를 방망이 삼아 빨래를 두드려댔으며, 제비들은 그 소란 속에서도 둥지를 만들 가지들을 쉴 새 없이 우듬지로 나르고 있었다.

　언덕과 마주 닿은 곳에 집이 한 채 자리를 잡고 있었다. 지대가 높은 까닭에 그 집에서는 고을의 모든 풍경이 한눈에 내려다보였다. 지나가는 이들이 힐끗힐끗 곁눈질을 할 만한 집이었다. 다른 집들과 멀찌감치 떨어져 홀로 언덕 가에 자리한 것하며, 집 전체를 검붉은 흙벽돌로 쌓아 중국풍으로 짓고,

본채 건물 서쪽에 마루를 높인 다락집을 만든 것까지, 어느 모로 보아도 범상한 감각은 아니었다.

　문이 활짝 열려 있는 다락집에는 중년 남자가 고개를 숙이고 앉아 있었다. 그는 이 집의 주인인 종채였다. 살집이 좋은 데다 수염을 보기 좋게 기른 탓에 후덕해 보인다는 평을 곧잘 들었다. 그런데 지금 그의 모습은 평소와 사뭇 달랐다. 종채는 아침부터 붓을 들고 끙끙거리고 있는 참이었다.

　미간에는 갈매기 날개 같은 주름이 깊게 파였고, 벌어진 입술 사이로 한숨이 끊이지 않았다. 서안 위에 놓인 종이를 응시하는 시간보다 풍경을 바라보는 시간이 조금씩 길어진다 싶더니 마침내 붓을 내팽개쳤다. 조금 후에는 아예 바닥에 등을 대고 누워 버렸다. 그것도 잠시, 곧바로 몸을 일으킨 그는 고개를 좌우로 흔들며 얼굴을 찌푸렸다. 오전 내내 바닥에 내던진 파지들이 봄바람에 살랑살랑 흔들리는 모습이 마치 그를 비웃는 듯했다.

　"할 수도 없는 일인 것을…."

　말을 내뱉고 나니 마음이 더욱 무거워졌다. 이런 기분으로 다시 붓을 잡기는 힘들다. 종채는 일어나 마당으로 내려갔다. 봄비를 머금은 흙이 부드러웠다.

　종채는 허리를 숙여 담장을 따라 심어 놓은 파를 보았다. 며칠 전에 뿌린 씨에서는 줄기가 조금씩 올라오고 있는 중이었다. 자연의 섭리는 너무도 명확했다. 겨울이 가면 봄이 오고, 씨를 뿌리면 싹이 나고 줄기가 올라온다.

성리학에서는 사람의 이치가 자연의 그것과 하나 다를 바 없다 했지만 종채는 그렇게 생각하지 않았다. 사람이 하는 일은 논리정연한 자연의 섭리와 너무도 달랐다. 도무지 속내를 짐작할 수 없는 것, 그것이 사람이 벌이는 일의 속성이었다.

종채는 마루에 걸터앉아 담뱃대에 불을 붙였다. 한 모금 길게 빨아들였다 연기를 내뱉으니 답답했던 속이 조금은 풀리는 듯했다.

지금 종채는 돌아가신 아버지의 행적을 글로 남기는 작업을 하고 있다. 아버지가 돌아가신 지 햇수로 벌써 팔 년이 넘었다. 더 미루다가는 영영 쓰지 못할 것 같아 시작하기로 마음을 굳게 먹은 것까지는 좋았다. 결코 쉽지 않은 일이라고 생각하여 지난 몇 달간 나름대로 차근차근 준비를 했다. 아버지가 남긴 글들을 하나도 빠짐없이 꼼꼼히 읽어 내용을 요약했고, 아버지의 벗들을 찾아가 옛일을 들었으며, 전날 들었던 말씀들 중 기억나는 것들을 종이에 적어 두었다.

그러나 대략적인 날짜까지 적어 구별해 놓은 자료들을 모아 글을 시작하려 하면 어찌된 일인지 도무지 진도가 나가지 않았다. 간신히 첫 문장을 썼다 싶으면 내용이 마음에 들지 않았다. 종이를 구기고 몇 번을 다시 써 보아도 달라지는 것은 없었다. 자신이 쓴 문장은 자신이 기억하고 있는 아버지와는 전혀 닮지 않았다. 그런 글로 아버지를 추모할 수 없었다. 더욱이 그런 글을 세상 사람들에게 내보일 수는 없었다. 그러기를 사나흘간 계속하고 나니 몸도 마음도 지쳤다.

"이럴 줄 알았으면 제대로 배워 두는 것인데…."

늦어도 한참 늦은 후회였다. 종채의 아버지는 세상에 연암이라는 호로 널리 알려진 박지원이었다. 글쓰기로 한 세상을 풍미한 아버지였지만 정작 아들인 종채는 아버지에게 글쓰기 방법을 제대로 배우지 못했다. 글쓰기를 가르쳐 달라고 하면 연암은 망연한 눈길로 아들을 바라본 다음 고작 이런 말만 했다.

"매일 경서 한 장과 주자가 쓴 《강목》 한 단씩을 읽거라."

아들은 글쓰기를 가르쳐 달라는데 아버지는 글 읽기만 강조했다. 안 그래도 경서는 사서 중 하나를 택해 하루에 몇 장씩 읽고 있었고, 《강목》은 예전에 이미 다 읽었다. 연암도 그 사실은 잘 알고 있을 터였다.

종채는 아버지가 가르치기를 꺼리는 이유를 나름대로 헤아렸다. 연암은 언제나 세상 사람들의 입방아에 시달렸다. 문장으로 명성이 높아지자 시기하고 흉보는 자들도 덩달아 많아졌던 것이다. 거기에는 연암의 대쪽 같은 성격도 한몫했다.

종채는 그런 아버지를 더 이상 괴롭히고 싶지 않았다. 자기

하나만이라도 아버지를 편하게 놓아 드리고 싶었다. 그러다 보니 종채는 남들처럼 과거를 대비한 과문만 죽어라 연습하게 되었고, 결국 따라지들이 그렇듯 과문 말고 다른 글은 제대로 쓰지 못하는 어정쩡한 처지가 되고 말았다.

몇 달 전 종채는 주막에서 친구를 만나 이야기를 나누던 중 이상한 말을 들었다. 친구는 돌려 말하려 애를 썼지만, 복잡한 이야기가 늘 그렇듯 요지는 간단했다. 아버지의 글 중 일부가 실은 아버지의 글이 아니라는 것, 제자의 글을 욕심내 자기 것으로 바꿔 버렸다는 것, 그것이 친구가 말하려는 핵심이었다.

좀처럼 화를 내지 않는 종채였지만 이번에는 사정이 달랐다. 아버지를 모함하는 어처구니없는 말을 듣고도 뒷짐 지고 흠흠거리며 군자 티를 낼 수는 없었다. 종채는 벌떡 일어나 친구의 멱살을 잡았다. 그러나 그 와중에도 친구는 끙끙대며 몇 마디를 더 내뱉었다. 그 말을 들은 종채는 친구의 멱살을 잡은 손을 스스로 놓고 말았다.

"소문이 거짓이라는 것을 증명해 보이면 되는 것 아닌가."

친구의 말이 옳았다. 주먹다짐을 한다고 소문이 사라질 리 없었다. 외려 부질없이 폭력을 행사했다가는 소문이 확산되는 데 불을 지피는 꼴이 될 뿐이었다. 사람들을 설득할 수 있는 것은 주먹질이 아니라 소문을 불식시킬 만한 명백한 증거였다. 아버지의 지인들이 대부분 세상을 떠난 지금 그 증거를 논리 정연한 글로 증명할 사람은 오직 종채밖에 없었다.

연암이 죽고 나자 세상 사람들은 자신들이 원하는 대로 연암에 대해 마구 해석해 댔다. 그들에게 연암은 해학적인 글쓰기를 하는 기인이거나 오랑캐의 글을 새것이라 좋아하며 제 것인 양 마구 따라 써 대는 상종 못 할 위인이었다.

글에 정통한 누군가가 나서서 "연암의 글에 담긴 뜻은 사실 이런 것이다. 모르면 입 닥치고 잡소리들일랑 그만두어라."라고 속 시원히 말해 주었으면 하고 바랐던 적도 있었다. 하지만 조정에서조차 아버지의 글이 정식으로 인쇄되는 것을 달갑지 않게 여기는 터였다. 그런 판국이니 문사文士라고 칭해지는 이들 중에서 아버지를 돕겠다고 나설 자는 아무도 없었다.

글이라…. 당장은 소용이 없을 수도 있었다. 그러나 참과 거짓을 구별할 줄 아는 바른 눈을 가진 이는 언젠가는 나타나게 마련이다. 종채가 아버지의 삶과 글들을 제대로 정리해 남기기만 하면 아버지를 둘러싼 오해는 언젠가는 풀릴 것이다.

생각은 옳았지만, 문제는 종채의 붓과 머리가 더디다는 점이었다. 어떻게 해야 아버지를 온전히 전할 수 있을까. 봄날에 어울리지 않는 무거운 한숨만 거듭 새어 나왔다.

그때 종채 앞으로 청지기가 쪼르르 달려와 머리를 조아리 더니 책 한 권을 내밀었다.

"웬 책이냐?"

"저야 모르지요. 제가 까막눈인 걸 잘 아시면서….'

청지기가 머리를 긁적이며 웃었다. 안 그래도 불편했던 심 기가 더 나빠졌다.

"누가 너한테 내용을 물었느냐? 어디서 난 책이냔 말이다."

"그럼 진작 그렇게 말씀을 하시지. 진사님께 전해 드리면 알 것이라던데요."

"이놈아, 누가 그런 말을 했느냐?"

"아, 그러니까… 저도 이름은 모르고요."

"이런 답답한지고. 무슨 말인지 하나도 모르겠구나. 좀 조 리 있게 차근차근 말해 보거라."

"그러지요. 그러니까 제가 대문 앞에 앉아 봄바람을 쐬고 있는데 양반 하나가 다가오더라고요. 벌떡 일어나 보니 그 행 색이 가관이데요. 갓은 불면 산산이 흩어질 듯 낡았고, 흰 두 루마기는 까마귀처럼 시커먼 것이, 영락없는 거지상입디다."

"그런데?"

"아 그런데 그자가 제 앞에 와 서더니 '여기가 종채 어르신 댁이냐' 하고 묻잖아요. 그래서 고개를 까닥거렸더니 다짜고 짜 이 책을 건네더구면요. 제가 딱 부러지게 눈을 뜨고 누구

시냐고 묻자 '종채 어르신께 드리면 알 것이다. 밤이 되면 다시 찾아오겠다고 말씀드려라.' 이렇게만 말하고는 왔던 길로 돌아가 버리더라고요."

청지기의 말만 들어서는 도무지 이해가 되지 않았다. 자신을 찾아왔다면 들어와 만나면 그만인 것을 왜 청지기에게 책만 건네고 도망치듯 사라졌는지 도통 알 수가 없었다. 거기다 밤에 다시 온다는 것은 또 무슨 뜻인가.

종채는 청지기를 물러가게 한 뒤 방으로 들어와 앉아 방금 받은 책을 서안 위에 올려놓았다.

신음 소리가 낮게 새어 나왔다. 책의 겉장에 《연암협일기》라고 씌어 있었던 것이다. 연암협이라면 아버지가 전 생애를 통틀어 아주 귀중한 몇 해를 보낸 장소였다. 비록 머문 기간은 짧아도 아버지에게는 마음속의 무릉도원 같은 곳이었다. 그러나 종채가 신음을 내뱉은 이유는 따로 있었다.

종채는 아버지가 연암협에서 어떻게 지냈는지 알지 못했다. 무슨 이유에서인지 아버지는 종채가 연암협에 머무는 것을 달가워하지 않았다. 그러니까 아버지가 연암협에서 보낸 세월은 종채가 결코 알 수 없는 공백기였다. 아버지가 다른 이의 글을 자기 것으로 만들었다는 소문은 그 세월에서 비롯되었을 가능성이 농후했다. 그렇다면 이 책은 연암협에서 아버지가 어떻게 살았는지 잘 아는 자가 썼을 테고, 아버지 글의 진위에 대해서도 어떤 식으로든 언급되어 있을 터였다. 한 시가 급했다. 만사 제쳐 놓고 서둘러 책을 읽어야만 했다.

종채는 담뱃대에 다시 불을 붙인 뒤 책장을 열었다가 흠칫 놀랐다. 책의 첫머리에서 오랫동안 잊고 살았던 이름을 보았 던 것이다.

위험한 책

우연한
만남

    지문은 차가운 계곡물에 얼굴을 닦은 뒤 책을 들고 일어났다. 제비 두 마리가 요란하게 날갯짓을 하며 둥지로 돌아갔다. 절벽은 지는 해로 온통 붉게 물들었다. 마음이 급해졌다. 골짜기가 깊어 해가 지면 곧바로 어두워졌다. 마을까지 내려가려면 서둘러야 했다.

    지문은 삐쭉빼쭉한 바위들을 지나 계곡을 빠르게 뛰어 내려갔다. 머릿속으로는 조금 전까지 읽었던 책장을 빠르게 되넘겼다.

    책을 읽고 이렇듯 흥분하기는 《사기》를 읽은 이래 처음이었다. 문장 하나하나, 단어 하나하나가 신들린 무당처럼 작두춤을 춰 댔다. 열기가 머릿속을 뜨겁게 달구었다. 《사기》를 처음 읽던 날과 똑같았다. 참기가 힘들었다. 지문은 목청이 허락하는 가장 큰 소리로 고함을 내지르고는 고개를 숙였다.

그때였다. 머리에 무엇인가 물컹한 것이 부딪혔다. 순간 발을 헛디뎌 계곡물에 빠지고 말았다.

"젊은이, 괜찮은가?"

지문은 재빨리 일어나 손에 들고 있던 책을 살폈다. 그러나 살펴보고 말고 할 것도 없었다. 주위로 검게 물든 물이 유유히 흐르고 있었다. 말 그대로 책이 수장되어 버린 것이다. 머릿속이 아득해졌다. 너무나 갑작스러워 할 말을 잃었다.

"미안하이. 아끼던 책일 텐데…."

"도대체…."

"허허, 본의 아니게 세초洗草를 한 셈이 되었구먼."

당황하는 지문과는 달리 노인은 이 사태를 즐기는 듯 여유만만하게 웃고 있었다. 지문은 노인의 그런 태도가 마음에 들지 않았다.

"어르신, 이게 얼마나 귀한 책인지 알기나 하십니까?"

지문이 역정을 냈음에도 노인은 눈 하나 깜짝하지 않았다. 그제야 지문은 노인을 자세히 살폈다. 노인은 제법 풍채가 좋았다. 큰 귀와 쌍꺼풀진 눈, 혈색 좋은 얼굴색 등 언뜻 보기에도 귀티가 느껴졌다.

지문은 입술을 깨물며 속으로 분을 삭였다. 노인을 붙들고 이치를 따져 묻기도 곤란했다.

지문이 주춤하고 있는데 도포에 갓까지 갖춰 입은 청년이 나타나 노인을 부축했다. 심의深衣를 입은 뚱뚱한 노인과 꼬챙이처럼 마른 몸에 헐렁한 도포를 입은 청년이라, 어딘가 조합이 어색했다.

"선생님, 괜찮으십니까? 다치지는 않으셨습니까?"

"괜찮네. 아무렇지도 않아. 살집 많은 것이 이럴 때는 도움이 되는구먼."

노인의 말을 듣고서야 지문은 자신의 잘못을 깨달았다. 미처 예의를 갖추지 않았던 것이다. 책이 물에 빠져 운명을 다한 데 절망한 나머지 도리를 잊었던 것이다.

"죄송합니다. 제대로 살피지 않고 서둘러 내려오느라 그만…."

"괜찮네. 그만하게나. 노인네가 주책없이 계곡에서 풍류를 즐겼네."

"아닙니다. 제가…."

지문이 말을 채 마치기도 전에 청년이 달려들어 지문의 멱살을 잡았다. 동작은 우악스러웠으나 손아귀에는 힘이 들어가 있지 않았다. 싸움을 모르는 자였다. 지문은 청년의 손목을 꺾어 그대로 그를 내팽개쳤다.

"어이쿠."

청년은 버둥거리며 일어나더니 다시 지문에게 달려들려

했다. 노인이 말리지 않았다면 청년은 용궁 구경을 제대로 했을 터였다.

"중현아, 그만두어라."

"선생님, 이런 무례한 놈은…."

"이미 사과를 하지 않았느냐. 따지자면 나한테도 잘못이 있었던 게야. 그나저나 젊은이, 책을 어쩌면 좋을꼬?"

지문은 입을 굳게 다물었다. 아버지는 많은 이들이 탐내는 이 책을 얻기 위해 꽤 많은 대가를 지불했을 것이다. 당장 지문이 걱정하는 것은 물질적 손해가 아니었다. 평소 지문은 아버지가 읽는 책들을 경멸했다. 그런 아들이 자신의 책에 손을 댔으니 그 이유를 듣지 않고 그냥 넘어갈 리 없었다. 아버지 앞에 꿇어앉아 전후 사정을 미주알고주알 털어놓아야 할 것을 생각하니 끔찍했다.

"무슨 책이었나?"

지문은 노인의 목소리를 듣고서야 정신을 차렸다.

"《연암선집》이었습니다."

"《연암선집》?"

노인은 잠시 놀라는 듯하더니 금세 얼굴을 바꿔 호탕하게 웃었다.

"연암이라면 오랑캐에 미쳤다고 소문이 자자한 자가 아닌가. 그래, 글은 좀 읽을 만한가?"

"소문대로 분명 문장의 도리에 맞는 글은 아닙니다."

"그렇겠지. 영명하신 정조 임금께서도 그자의 글을 그렇게 싫어하셨다더군. 이해할 만하이. 하도 말들이 많기에 나도 《열하일기》는 봤네. 차라리 오랑캐가 썼다고 하는 편이 더 낫겠더군. 천박한 농담을 즐기는 데다 애처럼 기이한 문물에 환장하는 꼴도 도무지 마음에 들지 않고 말이야."

"그것이… 그런 것은 아닌 듯합니다. 분명 고문의 진중한 도리에는 어긋나는 글이지만, 그래도 울림이 있었습니다. 뭐랄까, 마음을 잡아끄는 진솔함 같은 것이 느껴졌습니다. 그뿐만이 아닙니다. 그의 표현들은 다른 이들이 흉내 낼 수 없을 만치 독창적입니다. 마치 저잣거리를 지키고 서서 사람들을 관찰한 듯한 생생함이…."

"젊은이, 도대체 지금 무슨 말을 하는 겐가? 그렇다면 돌아가신 정조 임금께서 잘못 판단하시기라도 했다는 말인가?"

"아, 아닙니다. 그럴 리가 있겠습니까?"

지문은 입술을 감쳐물었다. 말투로 봐서는 노인은 글깨나 읽은 사람 같았다. 어쩌면 정조 임금 밑에서 고관대작을 지냈을지도 몰랐다. 차림새로는 노인의 신분을 짐작할 수 없었지만, 시중을 드는 중현이라는 자의 미끈한 복장을 보아 하니 그럴 가능성이 높아 보였다.

지문은 속으로 한숨을 쉬었다. 제 몸뚱이 하나 건사하기도 힘든 척박한 산골짝에 이런 재수 없는 자들이 왜 나타났단 말인가. 험한 세상이었다. 한양에서는 천주학을 믿는 자들을 닥치는 대로 잡아들여 목을 벤다고 했다. 경주 김씨가 아닌 자들은 아예 벽을 마주 보고 앉아 입을 닫고 산다고도 했다.

마음속에 품은 생각을 주절주절 내뱉었다가는 하나뿐인 목숨을 잃을 수도 있었다. 그렇듯 허무하게 생을 마감할 수는 없었다. 지문은 깊숙이 머리를 숙이고 대답했다.

"죄송합니다. 제가 실언을 했습니다. 용서해 주십시오."

"알겠네. 내 조금 전의 말은 못 들은 것으로 하겠네. 그런데 한 가지만 물어보세."

"네."

"자네는 《연암선집》을 어디서 구했나? 내가 알기로 박지원이라는 자는 《연암선집》이라는 문집을 낸 적이 없어. 설령 내고 싶었더라도 조정에서 금서로 지목할 것이 분명하니 굳이 문제를 일으키고 싶은 마음이 아니라면 그런 무모한 짓을 하지 않았을 테고…."

지문은 간이 철렁 내려앉는 듯했다. 된통 걸린 것이 분명했다. 자칫 잘못했다간 책을 구입한 아버지까지 줄줄이 엮일 판이었다.

처음에는 그저 유람하는 한가한 노인인 줄로만 알았는데 그게 아닌 모양이었다. 노인이 느릿느릿 말을 할 때마다 지문은 대바늘로 찔리듯 따끔따끔한 통증을 느꼈다.

노인은 힘주어 마지막 일침을 놓았다.

"알 만하네. 서쾌들이 장난을 쳤겠지. 돈이 된다면 뭐든 베껴 낼 놈들이지. 젊은이, 나라에서 금했다면 그만한 이유가 있는 법이네."

"잘 알겠습니다."

지문은 고개가 땅에 닿도록 깊숙이 숙여 인사하고 서둘러 계곡을 내려왔다. 노인과 청년이 허둥대는 자신을 지켜보며 웃어 대는 소리가 귓전을 맴도는 것 같았다.

일을 이 지경으로 만든 잘못은 모두 자신에게 있었다. 애초에 아버지의 책에 손을 대는 것이 아니었다. 자신이 아버지와 궁합이 맞지 않듯 아버지의 책과도 어울리지 않는다는 사실을 진작 깨달았어야 했다.

꽁무니를 빼고 달아나는 지문을 바라보며 중현이 말했다.

"녀석이 엉덩이에 불붙은 닭처럼 급하게 뛰어가는군요."

"꽤나 볼 만한 광경이로다."

"그나저나 녀석이 많이 놀랐겠습니다. 왜…"

부채를 열심히 부치던 노인이 청년의 말허리를 잘랐다.

"어떤가? 한양에서만 지내던 자네가 이 깊은 산골짝에서 나 같은 노인네를 보좌하며 살 수 있겠는가?"

"이렇게 평화로운 곳은 처음입니다. 게다가 존경하는 선생님을 가까이서 모시면서 마음껏 문장을 배울 수 있으니 제게는 금상첨화 아니겠습니까?"

"글쓰기는 스스로 알아서 익히는 것일세. 아무튼 자네 덕분에 편하게 왔네. 늙은이 혼자서 말 한 필에 의지해 이 구석진 곳까지 왔다면 제법 고생을 했겠지."

"선생님께서 어디를 가시든 제가 모시겠습니다. 저를 받아주셨는데 마땅한 보답을 해야지요."

"말은 고맙네만, 사람의 앞날은 모르는 법이지."

청년은 할 말이 남은 듯했으나 노인은 매정하게 시선을 절벽 쪽으로 돌렸다.

절벽은 중국풍 산수화를 펼쳐 놓은 듯 비현실적으로 높고 험했다. 신기하게도 그 한가운데 제비 둥지가 놓여 있었다. 절벽 앞으로 계곡물이 흘렀다. 무릎을 넘지 않아 그다지 깊지는 않았지만 물이 차고 맑아 더위를 식히기에는 그만이었다.

그들은 사람 하나 다니기 힘들 정도로 좁은 길을 헤쳐 여기까지 왔다. 눈앞에 펼쳐진 전혀 다른 풍경을 마주하자니 말할 수 없이 가슴이 벅차올랐다. 노인이 손등으로 땀을 훔치며 입을 열었다.

"한 굽이를 돌면 층층바위가 포개져 있는 곳이 나온다네. 조대라는 곳이지. 한 굽이를 더 돌면 이번에는 흰 바위가 평평하게 펼쳐진 곳이 나온다네. 석양이 비치면 그림자가 바위

위까지 어린다고 해서 엄화계라고 하지."

"그윽한 이름들이군요."

"오래전에 내가 붙인 이름들이라네."

말을 마친 노인의 얼굴이 어두웠다. 삼십 년 전, 노인은 송도를 유람하다 연암협을 처음 발견했다. 속세와 절연한 듯한 풍경에 반해 세상사 다 접고 연암협에 들어와 살겠노라 다짐했지만 마음뿐이었다.

현실은 달랐다. 늘 잡다한 일들이 발목을 붙잡았다. 관직을 내려놓고 자유인이 되고 보니 비로소 지난 세월이 실감났다. 삼십 대에 연암협을 처음 발견해 사십 대에 잠시 머무르고, 이제 귀가 순해진다는 이순을 훌쩍 넘기고서야 진정한 거처로 삼을 마음을 먹게 된 것이었다.

"오랜만일세."

갑자기 쩌렁쩌렁 울리는 굵은 남자 목소리가 들렸다. 노인이 고개를 들어 이리저리 둘러보았지만 아무도 없었다. 이명인가.

기억이 맞는다면, 방금 전 목소리의 주인공은 분명 백동수였다. 백동수, 연암협을 소개해 준 벗이었다. 그러나 노인이 막상 연암협에 들어가 살겠다고 하자 그는 정색하며 반대했다.

"백 년도 못 사는 인생일세. 어찌 답답하게 나무와 바위 사이에서 조 농사나 짓고 꿩, 토끼를 사냥하며 살겠는가?"

그때는 그 말도 일리가 있다고 생각해 연암협 행을 보류했다. 그러나 그로부터 몇 년도 지나지 않아 노인은 한양을 떠나 연암협으로 거처를 옮겼다.

스스로 내린 결정은 아니었다. 정조가 왕위에 오르자 임금의 스승이었던 홍국영이 정권의 실세가 되었다. 홍국영은 유난히 노인을 미워했다. 창을 휘두르는 사람에게 단검을 들고 맞설 수는 없었다. 더구나 상대는 혼자가 아니었다. 노인이 살길은 오직 홍국영이 쫓아오지 못할 깊은 산속으로 들어가 두더지처럼 땅을 파고 숨는 것뿐이었다.

백동수에 비하면 노인은 그나마 나은 편이었다. 백동수는 미처 몰랐을 것이다. 좀생원처럼 산속에서 숨어 살지 말라며 노인을 만류하던 그였지만 자기가 먼저 처자식을 이끌고 연암협보다 더 험한 기린협으로 들어가 살게 될 줄을 어찌 짐작할 수 있었겠는가. 한양 최고의 기남자奇男子였으나 서얼이라는 이유로 세상은 좀처럼 그를 받아 주지 않았다.

"도련님, 그동안 무탈하셨는지요?"

이번에는 형수의 목소리가 들렸다. 노인은 눈을 감았다. 잠시 후 또 다른 목소리가 들려왔다.

"아우님, 건강은 좀 어떠신가?"

형의 목소리였다. 형수와 형 또한 그의 곁에 있을 수 없는 사람들이었다. 노인은 그제야 깨달았다. 그 소리들은 이명도 환청도 아니었다. 연암협이 그를 반기기 위해 익숙한 자들을 빌려 안부를 묻고 있었던 것이다.

"반갑구나. 그동안 어떻게 지냈느냐?"

노인은 나지막하게 대답했다. 서늘한 바람 한 줄기가 등을 밀고 지나갔다.

한양에서는 쉬고 싶어도 쉴 수가 없었다. 더 이상 권력도 없는 노인을 찾아오는 사람들이 왜 그렇게 많은지 도무지 알 수 없었다. 노인은 그저 "빈산에는 아무도 없다. 물 흐르고 꽃이 핀다."고 했던 소동파의 시구처럼 산수를 즐기며 침묵과 벗하고 싶었다. 그래서 청년 하나만 데리고 도망치듯 한양을 떠나 연암협으로 내달려 온 것이었다.

청년이 노인에게 말했다.

"선생님, 곧 해가 떨어지겠습니다. 어서 가시지요."

두 사람은 계곡 왼쪽으로 난 길을 따라 올라갔다. 나무 사이 좁은 길을 지나자 제법 널따란 평지가 나왔다. 계곡에 면한 곳에 정자 한 채가 서 있었고, 그 앞으로 초당 두 채가 자리를 잡고 있었다.

노인은 집을 지나 뒤편 언덕으로 올라갔다. 언덕 위에 무덤 두 개가 봉긋하게 놓여 있었다. 마지막으로 무덤을 찾은 지 벌써 삼 년이나 지났다. 노인은 무덤 앞에 서서 가쁜 숨을 내쉬며 호흡을 골랐다.

　무덤을 본 노인은 깜짝 놀랐다. 무덤이 잡풀 하나 없이 깨끗했다. 누군가가 무덤을 돌보아 온 것이 분명했다. 무덤을 돌볼 지인은 물론이요, 전날 노인이 이곳에 머물렀다는 사실을 기억하는 이도 거의 없을 터였다.

　"선생님, 준비되었습니다."

　청년이 무덤 앞에 상을 펴고 과일과 술을 올려놓았다. 노인은 고개를 끄덕인 뒤 무덤에 절을 하고 술을 뿌렸다. 회한이 한꺼번에 밀려들었다.

　노인이 한양을 떠나 연암협에서 살겠다는 뜻을 비쳤을 때 누구보다 기뻐했던 이가 형수였다. 하지만 그해 봄 연암협에 심었던 벼가 채 익기도 전에 형수는 세상을 떠나고 말았다. 가난한 집에 시집을 와 영화도 한 번 누리지 못하고 살았다. 산골에서 촌부로 살겠다는 소박한 희망마저도 하늘은 허락하지 않았다. 노인은 연암협에 형수를 묻는 것으로 형수의 아쉬움을 달랬다.

　그날 밤 노인은 형과 형수의 무덤 앞에서 오랜만에 폭음을 했다.

연암을
찾아가다

지문은 아버지의 뒤를 따라 걸었다. 아버지는 어디로 가는지 말하지 않았다.

정말이지 아버지는 도무지 속을 알 수 없는 사람이었다. 책을 잃어버렸다고 말했을 때도 그랬다. 아버지가 성가시게 따져 물으리라 예상했지만, 아니었다. 과거 준비에만 몰두하는 줄 알았더니 왜 내 책에 손을 댔느냐, 책을 읽고 난 느낌이 어떠냐, 도대체 어쩌다가 책을 잃어버렸느냐 등 다그쳐 물을 줄 알았지만, 아버지는 아무것도 묻지 않았다. 지문의 말을 듣고도 쥐똥 묻은 천장 구석만 뚫어져라 응시하더니 그것도 잠시, 이내 읽던 책으로 눈을 돌리는 것이었다.

사실 지문은 그날 밤 아버지가 말을 걸어 주기를 바랐다. 흥분하며 읽었던 그 책에 대해 아버지가 한마디라도 해 주기를 간절히 바랐다. 아버지의 다른 책은 경멸했지만 그 책만큼은 그렇지 않았다. 온전히 그 책에 대해서라면 아버지와의 반목 따위는 다 접고 대화를 나눌 준비가 되어 있었다.

그러나 아버지는 평소와 마찬가지로 지문의 기대를 여지없이 배반해 버렸다. 다시 책을 보기 시작한 아버지는 지문을 보지 않았다.

아버지는 《서상기》를 읽고 있었다. 《서상기》를 읽는 동안 아버지는 다른 세계의 사람이었다. 책에 심취해 울고 웃고 한숨을 쉬는 모양새가 광인과 다를 바 없었다. 지문은 조용히 제 방으로 돌아와야 했다.

아버지는 양반이었다. 아버지의 5대조는 대사성을 지냈다고 했다. 그 뒤로 가문에서 과거 급제자가 나오지는 않았지만 그럼에도 양반인 건 변함없었다.

아버지는 양반이 아니었다. 젊어서 한양을 떠나온 뒤로는 농사꾼으로 살았다. 과거에는 응시조차 하지 않았다. 언젠가 지문이 그 이유를 물었을 때 아버지는 다만 "세상이 싫었다." 라고 짧게 대답했다.

하지만 지문이 보기에 아버지는 세상을 완전히 버리지도 못했고, 진정한 농사꾼으로 살고 있지도 않았다. 아버지는 오직 책으로만 세상과 소통했다. 낮에는 밭을 일구고 밤에는 서쾌들이 가져온 책을 읽었다.

아버지가 읽는 책은 하나같이 해괴했다. 다른 양반들이 신주처럼 끼고 사는 《대학》《중용》《태극도설》《근사록》 같은 책들은 광에 처박아 놓은 지 오래였다. 대신 《서상기》《수호지》 같은 소설이나 《유몽영》《선귤당농소》 같은 소품류의 잡서들만 골라 읽었다. 그중에서도 김성탄이 주를 단 《서상기》를 특히 애지중지했다.

지문은 그런 아버지가 싫었다. 《천자문》을 뗀 지문에게 아버지가 처음 권한 것도 소설이었다. 대신 지문은 아버지가 광에 처박아 둔 책들을 꺼내 읽었다. 아버지는 그 뒤로도 몇 번 더 소설을 내밀었다.

"저는 소설 따위는 보기 싫습니다. 대체 왜 그러십니까?"

지문이 따져 물었을 때 아버지의 대답이 걸작이었다.

"세상을 이해하는 데 더없이 좋은 책들이다. 세상의 희로애락이 다 소설 속에 들어 있다. 너도 읽어 보면 알 것이다."

지문은 기가 막혔다. 남들은 과거에 대비해 개인 선생까지 두고 공부에 매달리는 판이었다. 과거에 급제해 관직에 오르는 것, 지문은 그것이 세상에 태어나 장부로 살아가는 길이라 믿었다. 소설 따위의 잡서가 끼어들 틈은 없었다. 지문은 아버지가 권하는 책이라면 아예 거들떠보지를 않았다. 아버지와 지문은 그 뒤로 결코 같은 책을 보지 않게 되었다.

아버지는 양반으로 태어났지만 농사꾼으로 살고자 했다.

지문은 아버지가 팽개친 양반으로 살고자 했다. 지문에게는 나름대로 계획이 있었다. 내년에 있을 향시에는 무슨 일이 있어도 응시할 심산이었다. 그래야만 도무지 말이 통하지 않는 모순투성이의 아버지에게서 벗어나 제대로 된 사대부의 길을 갈 수 있다고 생각했다.

"다 왔다."

늘 보던 계곡 앞에 이르러서야 아버지는 걸음을 멈추었다. 큰 숨을 길게 내쉬었다. 그날따라 아버지가 낯설었다. 유난히 긴장한 듯 보였다. 오랜만에 갓을 꺼내 쓴 것부터가 평소와 달랐다. 아버지는 왜 이곳으로 왔을까.

아버지는 몸을 돌려 계곡에 면한 허름한 집을 향해 걸어갔다. 버려진 낡은 집이었다. 글 읽기에 좋은 장소를 찾아 헤매다가 지문도 몇 번인가 지나친 적이 있었다. 사람이 살지 않은 지 오래된 듯했다.

아버지는 사립문 앞에 서서 "으흠." 헛기침을 했다. 안에서 사람이 나왔다. 뜻밖에도 안면이 있는 자였다. 며칠 전 지문의 멱살을 잡다가 계곡물에 빠질 뻔했던 자가 틀림없었다.

"선생님은 안에 계시오?"

"…."

"무덤을 돌본 사람이 왔다고 일러 주시오."

중현은 눈꼬리가 치켜 올라간 날카로운 눈으로 아버지를 아래위로 훑었다.

"잠시만 기다리십시오. 연암 선생님께 말씀드리겠습니다."

분명 연암이라고 했다. 지문은 순간적으로 가슴속에서 불길이 솟구치는 것을 느꼈다. 그럼 계곡에서 만났던 노인이 연암이란 말인가. 설마! 그럴 리가 없다. 오해가 있는 것이 분명했다. 《연암선집》을 증오하는 사람이 연암일 리 없었다.

그때 안에서 다시 문이 열렸다. 노인이 마당까지 내려와 섰다. 지문은 가슴이 내려앉았다. 더 이상 의심할 여지가 없었다. 계곡에서 만났던 노인이 틀림없었다.

노인은 무심하게 지문을 흘끗 본 뒤 아버지에게 물었다.

"무덤을 돌본 사람이라 하였소?"

"그렇습니다."

"안면이 있는 것 같은데… 혹시 우리가 전에 만난 적이 있었소?"

"… 없습니다."

"그렇다면 미안하오. 나이를 먹으니 정신이 오락가락하는 모양이오. 안 그래도 무덤이 너무 깨끗하다 여겼소. 누군가가 돌보았으리라 짐작은 했소. 예서 이럴 것이 아니라 안으로 드시오. 권할 것은 술 한 동이뿐이지만 사양 말고 같이 듭시다."

밖에서 보기에도 온전해 보이는 집은 아니었지만 안에서

보니 사정은 더 나빴다. 허물어질 듯한 초당 두 채에 정자 하나, 그리고 더러운 연못이 전부였다.

연암은 아버지와 지문을 정자로 안내했다.

"고반당에 온 것을 환영하오. 박지원이오."

"저는 김향서라고 합니다. 고명하신 분을 만나 뵙게 되어 반갑습니다."

"고명은 무슨⋯ 음식 위에 뿌려 맛을 더하는 것이 고명이지요. 중현아, 여기 술 좀 내오거라."

연암의 싱거운 농에 지문은 자신도 모르게 웃었다. 연암이 지문을 바라보았다.

"무엇이 그리 재미있느냐?"

"죄송합니다. 실례를 범했습니다."

"감정을 솔직하게 표현하는 것을 꼭 나쁘다고 할 수는 없지. 그래, 자네는 이름과 나이가 어찌되는가?"

"지문이라 합니다. 올해 열일곱 살입니다. 만나 뵙게 되어서 황공할 따름입니다. 그리고 전날은 죄송했습니다."

"황공은 무슨, 꾀꼬리를 일러 황공이라 하지. 그런데 전에 우리가 만난 적이 있던가? 가만, 가만⋯. 아하, 며칠 전 계곡에 책을 빠뜨렸던 바로 그 젊은이로구먼."

아버지가 무슨 말인가 궁금하여 눈을 크게 치켜떴다. 지문은 그런 아버지의 눈빛이 싫어서 서둘러 화제를 돌렸다.

"은둔할 집이 언덕에 있으니 뛰어난 분이 쉬는 그곳. 홀로 자고 깨어 노래하나니 영원히 이 즐거움을 버리지 않으리. 고반당은 《시경》의 〈위풍〉 편에 나오는 '고반재아考槃在阿'에서 따온 이름입니까?"

"자네 말이 맞네. 《시경》을 꽤 읽은 모양이로군."

"어려서부터 즐겨 읽었습니다. 외우는 내용도 많습니다."

지문은 목소리가 높아지지 않도록 애썼다. 학문을 아는 자와 진지한 대화를 나누고 싶어 했던 오랜 꿈이 드디어 이루어지려는 순간이었다. 하지만 아버지가 끼어들었다.

"제 아이가 여러 가지로 무례를 범하는군요. 너그러이 용서해 주십시오."

"용서는 무슨. 열심히 글공부한 걸 보이려는 것뿐인데."

"경박한 게 탈이지만 재능은 조금 있는 듯합니다. 혼자서 사서를 다 마쳤습니다. 한시 같은 운문은 물론이고 제법 긴 산문들도 곧잘 써냅니다."

지문은 아버지를 쳐다보았다. 지문이 글공부하는 데 전혀 관심이 없는 줄 알았다. 그런데 이건 무슨 소리인가. 지문은 머리가 어지러웠다.

"훌륭한 자식을 두셨습니다."

"그래서 말입니다…."

"자제분을 맡아 달라 부탁하러 온 듯한데, 어려운 일이오."

"거절하시리라 짐작은 했습니다. 그래도 이미 칼을 빼 들었으니 두부라도 베어야지요. 정식으로 요청하겠습니다. 제 아들을 맡아 주십시오."

"사제의 도가 땅에 떨어진 지 오래요. 게다가 나는 누구를 가르칠 만한 능력이 못 되오. 나에게 배움을 청해 예까지 따라온 문생 중현이에게도 여태 아무것도 가르쳐 주지 못하고 있소. 내 몸 하나 건사하지 못하면서 어찌 제자를 두겠소."

"겸양이 지나치십니다. 조선 최고의 문장가이신 연암 선생님이 그렇게 말씀하시면 누가 믿겠습니까."

"아무튼 지금 난…."

"제 아들이어서가 아니라 지문이는 이쯤에서 내버려 두기 아까운 아이입니다. 선생님도 방금 전에 이 아이가 《시경》을 인용하는 것을 듣지 않으셨습니까."

"그거야 글을 좀 배웠다 싶으면 누구나 가능하오."

"지문이는 《천자문》 말고는 아무에게도 글을 배운 적이 없습니다."

"똑똑한 아이인가 보오. 그렇다면 더욱이 가르칠 수 없소. 괜히 자제분의 앞날을 망치고 싶지는 않소."

"제가 부탁하고 싶은 것이 바로 그것입니다. 부디 이 아이의 앞날을 망쳐 주십시오. 부탁입니다."

이야기가 사뭇 이상하게 흘러가고 있었다. 연암은 눈을 가늘게 뜨고 아버지가 무슨 말을 더 할지 기다렸다.

"비록 이곳이 골이 깊고 궁벽하지만 송도에서 들어온 분들도 있어 글을 가르칠 사람이 아주 없지는 않습니다."

"다행이구려."

"그럼에도 다른 사람 다 마다하고 연암 선생님을 찾아온 데는 그만한 이유가 있지 않겠습니까."

"그 이유를 내가 꼭 알아야 하겠소?"

"선생님께서 지으신 《열하일기》를 보았습니다. 고문의 격식 따위는 완전히 무시한 작품이었습니다. 얼빠진 세상에 보내는 통쾌한 풍자극이라 느꼈습니다."

"칭찬인지 욕인지 구분이 잘 안 가는구려."

"글이 곧 사람이라고 믿습니다. 제발 저 아이의 눈을 뜨게 해 주십시오. 저 아이는 아직도 과거만이 자기 인생을 바꿀 유일한 길이라고 믿고 있습니다. 저 답답한 아이를 좀 일깨워 주십시오. 이것이 아비로서 제가 선생님께 드리는 청입니다."

"허허, 입신양명을 꿈꾸는 것은 젊은이의 도리거늘, 도대체 무엇이 잘못되었단 말이오?"

"진정 그리 생각하십니까. 그러면서 어찌 과거장을 뛰쳐나오셨습니까?"

아버지는 집요했다. 지금껏 지문이 한 번도 보지 못했던 모습이었다. 천하의 연암이 아버지의 말에 말문을 잃었다. 이런 광경을 목격하리라고는 상상도 하지 못했다. 그러나 잠시 놀랐을 뿐 지문은 여전히 아버지에게 선뜻 동의할 수 없었다.

지문이 《연암선집》의 글들을 읽고 충격을 받은 것은 사실이었다. 그렇지만 자신의 장래 문제와는 별개였다. 지금껏 혼자서 잘 공부해 왔다. 과문들도 모범 답안을 구해 하나하나 충실하게 익히고 있는 중이었다. 조금만 더 노력하면 다른 도움 없이도 향시 정도는 충분히 통과할 자신이 있었다. 소설에만 빠져 자식의 공부는 강 건너 불구경하듯 무심하게 여겨 온 아버지가 관여할 문제가 아니었다.

이러저러한 사정을 고려할 때 논쟁을 담판 지을 주체는 아버지가 아닌 지문 자신이어야 했다. 그럼에도 아버지는 지문에게는 의사도 묻지 않고 연암에게 아들을 맡기려 하고 있었다. 지문은 아버지를 노려보았다.

연암은 말없이 술 석 잔을 연거푸 들이컸다. 계곡 쪽을 내다보던 연암이 시선을 거두어 아버지를 바라보며 말했다.

"이제야 그대를 어디서 만났는지 생각이 났소."

난데없는 말이었다. 그런데 아버지의 반응이 더 뜻밖이었다. 아버지는 연암의 말에 긍정도 부정도 하지 않은 채 자리에서 일어섰다.

"내일부터 아이를 보내겠습니다."

연암은 아버지를 보지도 않고 말했다.

"자제분을 보내든 말든 알아서 하시오. 하지만 분명히 말해 두지만, 나는 자제분을 가르칠 뜻이 전혀 없소이다."

아버지는 말없이 신발을 신고 밖으로 나왔다. 지문은 서둘러 아버지를 뒤따랐다.

그날 저녁 지문은 오랜만에 아버지와 마주 앉았다. 아버지는 작심한 듯 술을 마셨다. 지문도 아버지가 권하는 술잔을 거절하지 않았다.

"왜 과거를 보지 않으셨습니까?"

지문이 아버지에게 이렇게 묻기는 처음이었다.

"꼭 알고 싶으냐?"

"네."

"그건… 아니다. 그만두자."

"말씀해 주십시오. 제 앞날이 걸린 문제입니다."

"… 네 어머니 때문이다."

"돌아가신 어머니 때문이라니요?"

"네 외조부께서 유배지에서 돌아가셨다는 사실은 너도 들어 알겠지?"

"네."

"외조부께 시호가 내려졌다는 것도 알겠고?"

"네."

"그럼 혹시 외조부께서 돌아가시기 전에 자신의 사후에 벌어질 상황을 그대로 예견하신 일도 알고 있느냐?"

"무슨 말씀이십니까?"

"네 어머니에게 들은 이야기다. 네 어머니는 그분이 눈을 감는 마지막 순간까지 곁을 지켰다. 그분께서 자신의 죽음을 예감하고는 돌아가시기 며칠 전 네 어머니에게, 당신이 죽으면 영조 임금께서 분명 큰 상을 내릴 거라고 말씀하셨다더구나. 그리고 후에 임금께서 시호까지 내렸으니 예견은 적중한 셈이지. 희생이 필요한 시대였다. 임금께서는 측근 중 하나를 희생함으로써 소론 측의 불만을 무마하려 했던 것이지."

"영조 임금께서 외조부님의 죽음을 알고도 일부러 외면하셨다는 것입니까?"

"그렇다고 할 수 있겠지."

"저로서는 감히 이해할 수 없습니다. 사람의 목숨을 어찌 그렇게…."

"네 어머니도 그 점 때문에 분개했던 것이다. 탈상한 뒤 네 어머니가 나에게 부탁을 했다. 제발 과거는 보지 말아 달라고 말이다."

지문은 눈을 감았다. 외할아버지는 지문의 우상이었다. 외할아버지에게 그런 한 맺힌 사연이 있었으리라고는 조금도 짐작하지 못했다.

"대장부가 아녀자의 말을 따랐다는 것이 이상하게 보일 수 있겠지. 하지만 나는 네 어머니를 진심으로 아꼈다."

아버지에게 이런 사연이 있을 줄 몰랐다. 지문은 아버지를 바라보았다. 지금껏 아버지를 너무 몰랐다는 생각이 들었다.

"과거를 통해 존재를 인정받고 싶다는 네 뜻은 이해한다. 그러나 지문아, 시대가 달라졌다. 네가 진정으로 배우고 본받아야 할 것은 연암 같은 문장가다. 과거에는 정치가 세상을 바꾸었지만 이제는 문장이 세상을 바꿀 것이다. 이인로가 이런 말을 했다. '이 세상 모든 사물 가운데 귀천과 빈부를 기준으로 높낮이를 정하지 않는 것은 오직 문장뿐이다.' 문장의 미래를 정확히 예견한 말이지."

"믿기 어렵습니다."

"그렇지 않다. 네가 멸시하는 소설이나 소품 같은 살아 있는 글들을 사람들이 앞다퉈 찾게 될 날이 머지않았다. 왜냐하면 바로 자신들의 이야기거든. 저마다의 가슴속에 묻어 둔 사연들을 너무도 생생히 그려 내고 있단 말이지. 지금은 받아들이기 어렵겠지만, 곧 그리될 것이다. 이것만큼은 내가 장담한다."

너무 많은 이야기를 들은 탓에 머릿속이 혼란스러워졌다. 아버지의 말을 다 수긍하는 것은 아니었다. 과거는 확실하고 구체적인 성공을 보장하지만 문장은 그렇지 않았다. 문장으로 어떻게 세상에 우뚝 설 수 있다는 것인지 아무리 생각해도 이해되지 않았다.

그렇지만 아버지의 말 속에는 분명 지문을 잡아끄는 뭔가가 있었다. 살아 있는 글이라…. 그게 무엇인지 아직은 감이 잡히지 않지만 도전해 보고 싶은 욕구가 일어나는 것은 사실이었다.

"설령 그렇다 하더라도 연암 선생님께서 저를 받아 주시겠습니까?"

"매달리면 기회는 올 것이다. 연암은 보기와는 달리 정에 약하다. 기회가 오거든 반드시 네 실력을 보이거라. 실력으로 연암을 흔들면 가능할 것이다."

"제가 그럴 능력이 됩니까?"

"나는 지금껏 너를 지켜봐 왔다. 너는 혼자 배운 것치고는 실력이 제법 괜찮은 편이다. 연암은 재주 있는 자에 대해 욕심이 많아. 네가 재능을 보여 준다면 연암은 결코 너를 외면하지 못할 것이니라."

연암에게 글을 배운다고 굳이 과거를 포기할 필요까지는 없을 듯했다. 얻을 것을 얻어서 자신을 향상시킬 수만 있다면 그것도 제법 큰 득일 터였다.

"한번 해 보겠습니다."

부자는 말없이 술잔을 비웠다. 마침내 술이 떨어졌다. 지문은 그만 자기 방으로 돌아가기 위해 일어나 방문을 열었다. 문지방을 넘으려는 순간 아버지가 마지막 당부를 했다.

"연암은 분명 나를 걸고넘어질 것이다. 그렇더라도 결코 흥분하지 마라. 견디기 힘들더라도 그 수에 넘어가서는 안 된다. 명심하거라."

첫 수업

나의
글쓰기 스승

다음 날부터 지문은 연암을 찾아갔다. 연암의 반응은 한결같았다. 지문이 마당으로 들어서기만 하면 서양금을 들고 계곡으로 나가 버렸다. 그러면 지문과 중현 둘만 남아 집을 지켰다.

처음에 중현은 지문을 경계하는 듯했다. 지문은 그런 중현에게 신경 쓰지 않고 정자에 앉아 《사기》를 읽었다. 어차피 하루 이틀에 결판날 일이 아니었다. 끈덕지게 눌러앉아 기다리려면 흥미진진하면서도 내용이 긴 《사기》가 적당했다.

지문이 고반당을 찾아간 지 열흘 만에 중현이 먼저 입을 열었다.

"나는 김중현이다."

"김지문이라 하오."

"연배로 보아 내가 위인 것 같은데."

"나는 올해 열일곱이오. 형님은 어떻게 되셨소?"

지문이 형님이라 부르자 중현은 조금 놀라는 듯했다. 그래도 싫지는 않은지 묻지도 않은 말까지 덧붙였다.

"나는 올해 스물일곱이다. 혼례도 치렀고, 아이도 있다."

"그런 분이 어째서 이 깊은 산골까지 와 연암 선생님을 모시고 있소?"

"이야기가 길다."

"궁금하오. 짧게라도 해 보시오."

"졸라 대기는. 선생님과 나는 전부터 집안끼리 알고 지내는 사이다."

중현은 헛기침을 한 뒤 말을 보탰다.

"내가 이래 봬도 대제학 김조순 대감의 먼 친척뻘 된다. 대감의 추천으로 연암 선생님을 모시게 된 것이지. 그건 그렇고 도대체 언제까지 버틸 생각이냐?"

대답하기 난처했다.

"글쎄요. 형님은 어떻게 생각하시오? 연암 선생님께서 나를 제자로 받아 주실 것 같소?"

"쉽지 않을 것이야. 번잡한 세상을 피해 여기까지 들어오셨는데, 그런 마당에 제자를 들이는 수고를 감수하실까 싶다."

"나도 그렇게 생각하오. 게다가 내년에는 향시를 치를 계획

이어서 고전과 과문 공부에 더 매달려야 하는데 이렇게 시간을 낭비하고 있으니 원….”

“그럼 오지 않으면 될 것 아닌가?”

“그게 그렇지가 않소. 내가 이러는 것은 아버지 때문이기도 하오.”

“아버지가 왜?”

“그것은 지금 말할 수 없고 나중에 기회가 되면 그때 말해 주리다.”

“네 마음대로 하거라.”

“형님, 부탁이 있소. 연암 선생님의 글을 보고 싶소.”

“그거라면 부탁이랄 것도 없지. 잠깐만 기다리거라.”

중현이 《연암선집》을 들고 돌아왔다. 지문은 재미있다는 듯 피식 웃었다. 연암의 집에 있는 《연암선집》도 서쾌가 만든 것이었다.

“그런데 형님. 형님은 《연암선집》을 어떻게 생각하시오?”

“그야 조선 땅에서 최고 인기를 누리고 있는 불법 서책이 아니더냐.”

“아니 그런 것 말고, 읽어 본 뒤의 소감 말이오.”

“잘 쓴 글이지.”

“그렇지요? 나도 정말 놀랐소. 여기 이 구절을 좀 보시오. ‘살아 있는 석치(정철조)라면 함께 모여서 곡을 할 수도 있고,

함께 모여서 조문을 할 수도 있고, 함께 모여서 욕을 할 수도 있고, 함께 모여서 웃을 수도 있고, 함께 모여서 여러 섬의 술을 마시고 서로 벌거벗은 몸으로 치고받으면서 꼭지가 돌도록 크게 취하여 너니 나니도 잊어버리다가, 마구 토하고 머리가 짜개지며 위가 뒤집어지고 어찔어찔하여 거의 죽게 되어서야 그만둘 터인데, 지금 석치는 참말로 죽었구나!"[1] 세상에 이런 제문이 또 있겠소?"

"꼭 죽은 자를 모욕하는 것 같지?"

"언뜻 읽으면 그렇지만 곰곰 다시 보면 정말로 석치를 아끼고 사랑하셨구나 하는 마음이 절로 들지 않소? 아무튼 고전 말고 내가 감탄한 책은 이 책이 처음이었소. 사람을 쥐었다 놓았다 하는데, 정말 보통 솜씨가 아니다 생각했소. 향시만 생각하면 당장에라도 돌아가야 옳겠지만 이 《연암선집》만 손에 쥐면 연암 선생님께 배워야겠다는 생각이 굴뚝같단 말이오. 나도 잘 모르겠소."

중현이 말없이 고개를 끄덕였다. 지문의 말이 사실이었다. 《연암선집》에 실려 있는 글들은 하나같이 불온했다. 형식도 제각각이고, 내용도 고문에서 추구하는 참된 도리와는 거리가 멀었다. 그럼에도 사람을 끄는 구석이 있었다. 설명하기 힘든, 묘한 매력이 있었다. 도대체 그게 뭘까. 중현의 깜냥으로는 아무리 생각해도 알 수 없는 부분이었다.

그 뒤로 며칠간 지문은 중현과 많은 이야기를 나누었다. 중현은 까다롭고 속 좁아 보이는 외양과는 달리 말하기를 좋아하고 곰살맞은 데가 있었다. 지문은 중현을 통해 연암의 일상은 물론 나라 안 사정에 이르기까지 실로 많은 사실을 새로 알게 되었다.

한양에서는 경주 김씨와 안동 김씨가 자웅을 겨루고 있었다. 영조 비인 정순왕후가 어린 임금을 대신해 수렴청정을 함에 따라 외척인 경주 김씨가 득세하고 있었다. 하지만 대제학 김조순이 이끄는 안동 김씨 세력도 못지않았다. 경주 김씨와 안동 김씨 양쪽 가문이 모두 연암을 주시하며 일거수일투족을 감시하고 있다 했다.

중현은 또 연암이 늘 들고 다니는 서양금의 정확한 명칭이 구라철사금이라는 것도 알려 주었다. 하지만 연암은 그것을 들고 다니기만 할 뿐 절대로 연주를 하지 않는다고 했다. 지문이 그 이유를 물었지만 중현은 대답하지 못했다.

마침내 연암이 지문에게 말을 걸어온 그날도 지문은 중현에게서 최근 한양에서 유행하는 서적들에 대해 듣고 있었다. 연암은 평소처럼 구라철사금을 안고 들어왔다. 중현에게 구라철사금을 건넨 연암은 지문을 뚫어져라 쳐다보았다. 술 냄새가 사방에 퍼졌다. 중현이 물었다.

"술을 드셨습니까?"

"그래, 한잔했다. 계곡에서 바람을 쐬고 있는데 현감이 술을 들고 왔더구나. 주는 술을 마다할 이유가 없지 않으냐. 그래서 함께 한잔했느니라. 그런데 자네는 아직도 말귀를 못 알아들었는가?"

지문이 말없이 고개를 숙였다.

"허허, 아직도《연암선집》을 들고 다니는가? 까마귀 고기를 삶아 먹은 게로군. 내가 한 말을 벌써 잊었단 말인가?"

"감히 그럴 리 있겠습니까. 이것은 선생님 댁에서 빌린 책입니다."

"중현아, 그게 사실이냐?"

중현이 조그마한 소리로 그렇다고 대답하자 연암은 어처구니없어하며 혀를 끌끌 찼다.

"그것 참《연암선집》을 연암만 빼고는 다들 가지고 있구나."

"선생님, 죄송합니다."

"어디 나도 한번 보자."

"여기 있습니다."

"오호라, 석치를 위한 제문도 있고, 백동수에게 보낸 편지도 있구나. 아주 알짜배기 책이로고. 중현아, 다음에 서쾌가 오거든 나도 한 권 필요하다 이르거라. 내 덕에 책을 만들어

팔아 돈을 제법 벌었을 터이니 책 판 돈의 일부는 내어놓고 가라는 말도 잊지 말아야 하느니라. 그리고 자네, 이름이 지문이라 했던가?"

"네."

연암은 지문을 불러 놓고도 한동안 말이 없었다. 연암은 정자 기둥에 기대 세워져 있는 구라철사금만 뚫어져라 쳐다보았다. 지문은 마른침을 삼켰다. 드디어 올 것이 온 것이다.

"자네 아버지에 대해서는 알고 있겠지?"

연암이 굳게 닫았던 입을 열었다.

"그래, 자네 아버지는 나의 벗 형암 이덕무의 문생이었어. 형암의 문생이었다면 반가워야 할 터인데 왜 그렇지 않았을까? 곧 그 이유를 알았지. 자네도 알겠는가?"

"모르겠습니다."

"아버지에게 들은 적이 없던가?"

"없습니다. 말씀해 주십시오."

지문은 등을 꼿꼿이 세웠다. 아버지가 말한 대로였다. 연암은 아버지를 비방해 지문을 화나게 만들 심산이었다.

"됐네. 그런 일로 입을 더럽힐 생각은 없네. 나중에 아버지에게 직접 듣게나."

"말씀해 주십시오."

"아버지를 닮아 고집이 쇠심줄 같구나."

"말씀해 주십시오."

"굳이 원한다면야 말 못 할 까닭도 없지. 자네 아버지는 말 일세… 형암을 배반했네. 형암은 자네 아버지를 자식처럼 아 꼈어. 그런데 자네 아버지는 형암을 떠났지. 이런 사정을 알 고도 내가 어찌 자네를 거둘 수 있겠는가?"

"아버지를 대신해 제가 사죄하겠습니다. 대신 저를 받아 주 십시오."

"밀랍으로 귀를 틀어막았는가? 왜 이리 말귀를 못 알아듣 는 겐가?"

"저를 받아 주십시오."

"자네를 가르치느니 차라리 제비를 가르치겠네."

"받아 주십시오."

"자네를 가르치느니 차라리 계곡물을 가르치겠네."

마침내 지문이 자리에서 일어났다. 연암은 정자 난간에 기 대어 크게 웃었다.

지문이 신발을 신으려다 말고 다시 돌아와 앉았다.

"아직도 볼일이 남았는가?"

지문은 연암의 말을 못 들은 척하며 중현에게 말했다.

"지필묵을 좀 빌려주십시오."

중현이 연암의 눈치를 살폈다. 연암이 고개를 끄덕이자 그 제야 중현은 지필묵을 가져왔다.

지문이 붓을 들고 일필휘지로 글을 써 내려갔다. 연암이 중현의 어깨 너머로 지문이 써 내리는 글을 보고 크게 웃음을 터뜨렸다. 지문은 글쓰기를 마친 뒤 중현에게 종이를 건넸다.

글이란 뜻을 그려 내는 데 그칠 따름이다. 저와 같이 글제를 앞에 놓고 붓을 쥐고서 갑자기 저잣거리에서 오가는 말을 그대로 받아 적을 생각만 하거나, 억지로 경서의 뜻을 무시하고 일부러 경박한 척하여 글자마다 우스꽝스럽게 만드는 것은, 비유하자면 화공을 불러 초상을 그리게 할 적에 용모를 가다듬고 그 앞에 나서는 것과 같다. 시선은 쉴 새 없이 움직이고, 옷은 주름이 가득 져서 본래 모습을 잃어버린다면, 아무리 훌륭한 화공이라 하더라도 참모습을 그려 내기 어려울 것이다. 글을 짓는 사람도 마찬가지다.

"됐다. 그만하면 됐다. 그 아버지에 그 아들이구나."

"이만 물러가겠습니다. 조용한 곳에서 제비와 물을 가르치시며 편안히 여생을 보내십시오."

지문은 연암을 향해 고개를 숙여 인사를 올린 뒤 일어나 밖으로 나갔다. 연암은 어리둥절한 얼굴을 하고 서 있는 중현에게 말했다.

"책장에서 《공작관문고》를 가져오너라."

중현이 책을 찾아오자 연암은 중현에게 서문을 보여 주었다.

　　　글이란 뜻을 그려 내는 데 그칠 따름이다. 저와 같이 글제를 앞에 놓고 붓을 쥐고서 갑자기 옛말을 생각하거나, 억지로 경서의 뜻을 찾아내어 일부러 근엄한 척하고 글자마다 정중하게 하는 것은, 비유하자면 화공을 불러 초상을 그리게 할 적에 용모를 가다듬고 그 앞에 나서는 것과 같다. 시선은 움직이지 않고, 옷은 주름 하나 없이 펴져서 본래 모습을 잃어버린다면, 아무리 훌륭한 화공이라 하더라도 참모습을 그려 내기 어려울 것이다. 글을 짓는 사람도 마찬가지다.[2]

　　그제야 중현은 지문이 연암의 글을 제멋대로 바꾸어 놓았음을 알았다. 맹랑한 놈이다 싶었다. 그의 기발한 재주를 칭찬하고 싶었지만 스승이 빤히 보고 있는 터라 그러지 못하고 짐짓 화가 난 척 인상을 쓰며 말했다.
　　"아니, 이놈이 감히… 뭐 이런 놈이 있습니까? 선생님을 조롱한 게 아닙니까?"
　　연암은 말없이 눈을 감았다. 중현은 그제야 깨달았다. 지문이 글 속에 비수를 숨겨 놓은 것이었다. 연암은 글에서 무조건 옛것을 따르는 추세를 비판했지만, 지문은 몇 구절을 바꾸어 무조건 새것을 추구하는 추세를 비판했던 것이다. 고작 《연암선집》을 서너 번 정도 읽었을 텐데 어느새 내용을 외워 변용하다니, 제법 재주가 있는 녀석이다 싶었다. 중현은 그 재주가 조금은 부러웠다.

"중현아, 한잔하고 싶구나."

중현이 술상을 차려 내자 연암은 연거푸 술잔만 비웠다. 마지막 남은 술을 잔에 따른 뒤 구라철사금을 앞에 놓고 현을 만지작거리더니 연주를 하기 시작했다. 광활한 대륙을 달리는 한 마리 말처럼 힘차고 시원스러운 음률이 사방으로 울려 퍼졌다. 제법 긴 연주를 마친 뒤 연암이 중현에게 물었다.

"소리가 어떠하냐?"

"답답하던 가슴이 탁 트인 듯 시원해졌습니다. 그간 왜 연주를 하지 않으셨습니까?"

"연주는 지음知音이 있어야 할 수 있다. 덕보가 죽은 뒤로는 연주할 일이 생기지 않더구나."

"홍대용 어르신 말씀이군요. 그런데 어찌하여 다시 연주를 하신 것입니까?"

연암이 중현을 물끄러미 쳐다보더니 말했다.

"중현아, 지문에게 좀 다녀오너라."

"당장 다녀오겠습니다. 말씀만 하십시오. 그대로 전하겠습니다. 그런 건방진 녀석은 혼쭐이 나야 정신을 차립니다."

"가서 내일부터 나에게 오라고 전하거라."

"네?"

"어서 다녀오너라. 급히 술을 마셨더니 눈꺼풀이 절로 내려 앉는구나. 나는 그만 잠이나 늘어지게 자야겠다."

중현이 멀어지는 소리를 듣고 연암은 하늘을 보며 혼잣말을 했다.

"형암, 아무래도 내가 괜한 일을 하게 될 것 같소."

연암은 대답을 기다리기라도 하는 듯 한동안 말없이 하늘을 보았다. 잠시 뒤 구라철사금을 내려놓고 바닥에 드러누워 눈을 감았다. 계곡물 소리가 문풍지로 새어 드는 바람 소리처럼 심란하게 들려왔다.

한 가지
조건

지문은 날이 밝기도 전에 고반당으로 갔다. 평소 밤늦게까지 책 읽는 것을 좋아해 늦게 일어나는 편이었지만, 연암이 동트기 전까지 오라고 해 어쩔 수 없이 일찍 일어났다.

지문이 마당에 들어섰을 때 연암은 이미 의관을 정제한 채 마루에 앉아 있었다. 연암이 대뜸 물었다.

"자네는 몇 자나 아는고?"

"네?"

"몇 자나 아느냐고 물었느니라."

지문은 머릿속으로 자신이 알고 있는 글자 수를 헤아렸다. 《천자문》에서부터 《사서삼경》 《사기》 《근사록》 등등 못 되어도 족히 몇천 자는 될 듯싶었다.

지문은 대답을 하려다 잠시 망설였다. 상대는 연암이다. 단순히 글자 수를 묻는 것이 아닐 터였다. 그렇다면 연암이 진정으로 알고자 하는 것은 무엇일까?

지문이 이런저런 생각을 하느라 대답이 늦어지자 연암이 흐흠 헛기침을 뱉으며 답을 재촉했다. 지문은 모험을 해 보기로 마음먹었다.

"아는 글자가 없습니다."

"허허, 십 년 넘게 글을 읽었다면서 아는 글자가 없다니 말이 되느냐?"

"부끄럽습니다. 생각해 보니 제대로 아는 글자는 하나도 없습니다. 그저 읽고 외웠을 뿐 글자의 참 의미를 깨닫지는 못했습니다."

연암은 아무 말 없이 지문을 바라보았다.

"알았네. 지금부터 자네를 제자로 받아들이겠네."

"고맙습니다."

"그런데 한 가지 조건이 있네."

"말씀하십시오."

"과거에 응시해서는 안 되네."

"…."

지문도 무엇인가 까다로운 조건이 있으리라 짐작은 했다. 하지만 과거 응시를 금하리라고는 예상하지 못했다.

연암은 잠시 눈을 감았다가 다시 떴다. 그리고 정자로 가

앉더니 구라철사금을 연주하기 시작했다. 지문이 듣기에 조선의 악기와는 음색이 사뭇 다르게 느껴졌다. 나른한 듯하면서도 심금을 울렸다. 마치 한 번도 가 본 적 없는 요동 벌판이 눈앞에 펼쳐지는 듯했다.

"과거를 보는 데는 경전을 외우고 과문을 익히기만 하면 되네. 하지만 경전은 음미하는 것이지 달달 외우는 것이 아니야. 또한 과문은 정답이 있는 글이나 마찬가지일세. 틀에 맞추어 반복하다 보면 결국에는 익숙해지지. 결국 과거 급제는 똑같은 것을 얼마나 많이 반복했느냐에 좌우되는 셈이지. 그게 무슨 의미가 있겠는가?"

연암의 말은 사실이었다. 과거를 준비하느라 경전을 읽고 또 읽었다. 하지만 어느 순간부터 그 문장들에서 별다른 감흥을 느끼지 못했다. 경전은 목표를 이루기 위해 반드시 읽어야 하는 것들일 뿐이었다. 과문을 쓰는 일도 마찬가지였다. 똑같은 형식에 똑같은 글, 모범 답안이 정해져 있는 글에 새로움은 필요 없었다. 그러다 보니 재미도 붙지 않고, 도통 진도도 나가지 않았다.

그러던 차에 기분 전환이나 하자 싶어 아버지의 서가에서 《연암선집》을 뽑아 읽었던 것이다. 사실 읽기 전에는 까짓것 하는 심정이 더 강했다. 너 나 할 것 없이 연암, 연암 하고 떠들어 대니 알고는 있어야겠다 싶어 《연암선집》을 들었을 뿐

다른 이유는 없었다.

하지만 마지막 책장을 덮을 때는 마음이 완전히 변해 있었다. 그 느낌을 어떻게 설명할 수 있을까? 책에는 분명 가슴을 후려치는 무엇인가가 있었다. 딱딱하게 굳은 화석화된 세계가 아니라 생동감 넘치는 미묘한 세계가 펼쳐져 있었다.

무엇이 연암의 글을 살아 숨 쉬게 만드는 것일까? 지문은 읽고 또 읽었지만 도통 그 이유를 알 수가 없었다. 그러던 와중에 연암을 만난 것이었다. 아버지가 권하지 않았다 하더라도 지문 스스로 연암을 찾아왔을지도 몰랐다.

"내 말대로 하게. 참고 견디면 과거를 보고 얻는 것보다 더한 것을 얻게 될 것이야."

지금까지 과거를 포기하겠다고 생각해 본 적은 한 번도 없었다. 그러나 지금 그것 때문에 연암에게 배울 수 있는 기회를 포기한다는 것은 옳지 않은 듯했다. 아직은 시간이 있다고 생각했다. 결정은 나중으로 미루기로 했다.

"알겠습니다."

"진심으로 듣겠네."

"네."

"그렇다면 하나만 더 묻지. 지금껏 어떻게 글쓰기 공부를 했는가?"

"다른 이들과 같습니다. 많이 읽고 가능한 한 많이 외웠습니다. 글을 쓸 때에는 그것들을 주제에 맞게 변용했습니다."

"자네는 앞으로 공부법부터 바꾸어야 하네. 많이 읽고 외우는 것이 능사가 아니야. 하나를 알더라도 제대로 음미하고 자세히 생각하는 것이 중요하네. 알아듣겠는가?"

"네."

"우선 《논어》를 천천히 읽게. 할 수 있는 한 천천히 읽어야 하네. 그저 읽고 외우려 들지 말고 음미하고 생각하면서 읽게. 잘 아는 글자라고 해서 소홀히 하지 말아야 하네. 반드시 한 음 한 음을 바르게 읽게."

"명심하겠습니다."

"알아들었으면 되었네. 책은 내 눈이 닿지 않는 곳에서 읽게. 나는 이만 할 말을 다했네. 그만 나가 보게."

그날 이후로 지문은 계곡에 발을 담그고 《논어》만 읽었다. 연암이 가르쳐 준 방식으로 책을 읽는 것은 생각보다 어려웠다. 《논어》의 주요 구절들을 이미 다 외우고 있었던지라 다시 소리 내어 천천히 읽으려니 답답해 가슴이 터질 것 같았다. 이런 식으로 읽다가는 평생토록 읽어도 몇 권 못 보겠다는 생각이 절로 들었다.

하지만 사내대장부가 이왕 시작한 일이니 끝을 보는 것이 온당했다. 연암은 글쓰기의 대가다. 연암이 그렇게 읽으라고 한 데는 다 이유가 있을 터였다. 지문은 책을 덮고 싶은 충동을 꾹 참아 가며 느릿느릿 읽어 나갔다.

따분했다. 처음 며칠은 책을 읽다 조는 일이 다반사였다. 하지만 고비가 되었던 며칠을 견디자 느리게 읽는 데 차츰 재미가 붙기 시작했다.

느리게 읽으라는 것은 다시 말해 꼼꼼하게 읽으라는 뜻이었다. 꼼꼼하게 읽다 보니 예전에는 별 의심 없이 지나쳤던 구절들이 하나하나 걸렸다. 그럴 때면 더 이상 책장을 넘기지 않고 그 구절을 뚫어져라 노려보았다. 그런 식으로 한나절을 노려보며 생각을 거듭하다 보면 신기하게도 그 의미가 이해되는 것이었다.

물론 끝까지 이해되지 않는 구절들도 있었다. 그럴 때면 마냥 붙들고 있는다고 답이 나오는 것도 아니어서 일단은 의심나는 내용에 표시를 해 놓고 건너뛰었다.

한 달여 시간이 지났다. 도무지 끝나지 않을 것 같던 《논어》 읽기가 마침내 끝났다. 책은 처음 받았을 때보다 훨씬 닳은 듯했다.

지문은 질문을 빼곡히 적은 찌들로 가득한 《논어》를 들고 연암을 찾아갔다. 연암은 정자에 앉아 달을 벗하여 술을 마시고 있었다.

"그래, 어떻더냐?"

"느리게 읽는 것이 이렇게 좋은 줄을 처음 알았습니다. 지금까지 수도 없이 읽어 잘 알고 있다고 자부했는데 전혀 그렇지 않았습니다."

"허송세월한 것은 아닌가 보구나."

"몇 가지 여쭙고 싶은 것이 있습니다. 〈술이〉 편을 보면 '자소아언子所雅言'이라는 글귀가 나오는데, 대개는 '아' 자를 바르다는 뜻으로 해석합니다. 저도 지금껏 그래 왔습니다. 하지만 다시 천천히 읽다 보니 아무래도 자연스럽지 않았습니다. 혹 다른 뜻이 있습니까?"

"네 질문에 일일이 답할 시간은 없느니라."

"네?"

연암은 정자 위에 놓여 있는 책들을 뒤적여 한 권을 골라 지문에게 건넸다. 《논어문답록》이었다.

책을 펴 보고 지문은 깜짝 놀랐다. 그것은 연암이 직접 《논어》를 읽고 난 뒤 궁금하게 여긴 부분을 일일이 정리한 책이었다. 하지만 정작 놀란 이유는 따로 있었다. 책의 첫 장에 연암이 《논어》를 읽은 기간이 적혀 있었다. 연암은 금년 1월부터 4월까지 무려 넉 달간이나 《논어》를 붙들고 있었던 것이다.

"늙으면 한없이 느리게 읽게 된다. 신경 쓸 일이 아니니라."

연암은 지문의 속내를 읽기라도 한 듯 무심하게 말했다.

지문은 부끄러웠다. 연암은 자신보다 훨씬 더 많이 《논어》를 읽었을 터였다. 그럼에도 환갑을 훌쩍 넘긴 지금도 한 줄 한 줄 되새기며 넉 달간 책 한 권을 붙들고 글을 읽었던 것이다. 지문은 적잖이 충격을 받았다.

"제가 너무 서둘러 글을 읽었습니다."

"그렇지 않다. 스스로 충분히 숙고하며 읽었다고 생각한다면 그것으로 족하다. 내가 왜 네게 그리하라 일렀는지 이제 이해하겠느냐?"

"조금은 알 것 같습니다."

"이유당 이덕수 선생은 일찍이 이렇게 말했다. '독서는 푹 젖는 것을 귀하게 여긴다. 푹 젖어야 책과 내가 서로 어울려 하나가 된다.' 이것이 내가 너에게 주는 첫 번째 가르침이다."

"고맙습니다."

"고맙긴. 도리어 내가 고맙지. 믿기 힘들겠지만, 너에게 처음으로 이 첫 번째 가르침을 들려줄 수 있었어. 내게 글을 배우겠다는 사람들은 많았지만 다들 처음을 건너 내지 못했지. 그리고 〈술이〉 편의 '아' 자는 '평소, 늘'이라고 해석하는 것이 맞아. 공자가 평소 늘 말씀하신 대로라면, 이렇게 해석하는 게 자연스럽다."

모처럼 지문이 환하게 웃었다.

"기본은 마친 듯싶으니 이제 글솜씨를 좀 볼까. 제목은 '적오赤鳥'니라."

"붉은 까마귀라고요? 세상에 그런 게 어디 있습니까?"

"허허, 벌써부터 스승을 의심하느냐? 썩 물러가거라."

아버지의
뜻

종채는 책을 읽다 말고 무릎을 탁 쳤다.

"아버지의 뜻이 이것이었구나!"

아버지가 가르치는 방식을 견뎌 내지 못한 사람 중에는 자신도 포함되었을 터였다. 아버지가 하루에 경서 한 장과 《강목》 한 단씩을 읽으라고 말한 것은 가르칠 마음이 없어서가 아니었다. 글쓰기의 시작이 천천히, 꼼꼼하게 읽는 것임을 알려 주었던 것이다. 미처 자신이 깨닫지 못했을 뿐이었다.

아버지가 지문에게 글자를 몇 자나 아느냐고 묻는 장면도 종채에게는 익숙했다. 아버지의 벗 가운데 이광려라는 분이 있었다. 아버지는 그분을 처음 만났을 때 인사만 나눈 뒤 다짜고짜 글자를 몇 자나 아느냐고 물었다. 그날따라 아버지답지 않게 무례하다 싶어 마음을 졸였지만, 그에 맞서는 이광려의 대답이 걸작이었다. 그는 조금도 주저하지 않고 고작 서른 자 남짓 안다고 대답했다. 두 분의 선문답 같은 대화 속에 숨겨진 의미를 종채는 비로소 깨달았다.

"미욱한 놈."

종채는 주먹으로 자신의 머리를 쥐어박았다. 도무지 말귀를 못 알아듣는 아들을 볼 때마다 아버지가 속으로 얼마나 답답했을지 생각하니 얼굴이 화끈거리고 죄송했다.

하지만 그보다 더 큰 불찰은 아버지가 썼던 여러 책들을 다 챙기지 못한 것이었다. 특히 아버지가 연암협에 머물며 남겼던 글들은 거의 전부 얻지 못했다. 책에 나온《논어문답록》도 잃어버린 목록에 추가해야 하리라.

종채는 잠시 허공을 바라보았다. 지금까지의 내용으로만 보자면 이 책은 그다지 위험해 보이지 않았다. 종채는 턱을 괴고 생각했다. 아버지가 지문에게 했던 글쓰기에 대한 가르침은 지금의 자신에게도 해당되었다.

종채는 무릎을 꿇고 앉아 팽개쳤던 붓을 들었다.

| 글쓰기 비밀 1 |

정밀하게 독서하라.

써 놓고 보니 그다지 새로워 보이지 않았다. 그러나 다른 사람도 아닌 아버지의 당부라고 생각하니 특별하게 여겨졌다.

평소 종채도 글을 꽤 읽었다고 자부했지만 사실 따지고 보면 정밀하게 읽은 적은 별로 없었다. 무턱대고 반복해서 읽느라 시간만 죽였을 뿐이었다. 지문의 병폐는 바로 종채의 병폐이기도 했던 것이다.

종채는 당장 읽던 책을 덮고 아버지가 남긴 글들을 천천히 소리 내어 읽고 싶은 유혹을 느꼈다. 그러나 책의 내용이 더 궁금했다. 붉은 까마귀라…. 어디선가 들어본 듯했지만 출처가 생각나지 않았다.

세상 천지에 붉은 까마귀는 없다. 그런데 아버지는 왜 지문에게 붉은 까마귀에 대한 글을 써 오라고 했을까. 과연 지문은 글을 완성했을까. 종채는 물 한 모금을 마신 뒤 다시 책을 읽기 시작했다.

붉은
까마귀

지문은 자리에서 일어나 기지개를 컸다. 감나무 가지 위에 앉아 있던 까마귀 떼가 한꺼번에 공중으로 날아올랐다. 지문은 얼굴을 찌푸리고 주위를 걷기 시작했다.

'붉은 까마귀라….'

과제를 받은 지 벌써 열흘이 지났지만 마땅한 글귀가 떠오르질 않았다. 아무리 눈을 씻고 찾아봐도 보이는 까마귀는 온통 까맸다. 그것이 진리였고, 변할 수 없는 사실이었다. 뚫어져라 쳐다본다고 까마귀가 백로처럼 하얗게 변할 리 없었다.

처음 며칠 동안은 한자리에서 꼼짝도 않고 까마귀를 지켜보았다. 그렇지만 그런 식으로는 문제를 해결할 수 없음을 깨달았다. 그래서 이리저리 걸으며 여러 장소에서 까마귀를 관찰하기로 했다.

의도는 좋았으나 여전히 문제는 해결되지 않았다. 슬슬 속에서 무엇인가가 치밀어 오르기 시작했다.

"선생님은 왜 이런 엉뚱한 과제를 준 거야? 대체 내게 뭘 기대하시는 거지?"

그때 중현이 다가오는 게 보였다. 지문은 고개를 숙여 그에게 인사를 했다.

중현이 웃으며 말했다.

"까마귀 관찰은 잘 하고 있느냐?"

"도통 모르겠소. 아무리 봐도 까마귀는 온통 검은데 왜 붉은 까마귀에 대한 글을 쓰라는 게요? 원래 선생님이 좀 괴팍하신 편이오?"

"이놈! 선생님께 못 하는 소리가 없구나. 별 뜻 없이 말씀하시는 분이 아니다. 선생님의 심중에는 분명 무슨 생각이 있으실 게다."

"그러지 말고 저 좀 도와주시오. 형님은 나보다 오래 선생님을 곁에서 모셨으니 아실 것 아니오. 대체 무슨 뜻이오?"

"내가 그걸 알면 여태 선생님께 배우고 있겠느냐? 들어와 밥이나 먹어라."

그러고 보니 점심때가 훌쩍 지나 있었다. 지문은 여태 배가 고픈 줄도 몰랐다.

지문은 괜히 감나무 가지를 향해 돌멩이를 던졌다. 까마귀들이 다시 한번 후드득 공중으로 날아올랐다. 그때 지문이 눈을 동그랗게 뜨고 말했다.

"형님!"

"왜 그러느냐?"

"사람들이 이리로 오고 있습니다."

중현은 손 그늘을 만들어 계곡 쪽을 바라보았다. 한 무리의 사람들이 계곡을 따라 올라오고 있었다. 몇 명은 말에 타고 있었고, 아녀자가 있는지 가마도 보였다.

잠시 뒤 얼굴을 알아볼 수 있을 만큼 거리가 가까워졌다. 지문은 흘깃 중현을 쳐다보았다가 깜짝 놀랐다. 중현의 얼굴이 창백했던 것이다. 늘 여유만만하고 도무지 긴장할 줄 모르던 평소 모습과는 사뭇 달랐다.

"형님, 무슨 일이오?"

"아, 아무 일도 아니다. 나 먼저 들어가마."

그러나 중현은 고반당 뒤편의 언덕으로 서둘러 올라갔다. 뭔가 수상했다.

잠시 뒤 사람들 무리가 지문 앞에 멈추어 섰다. 말구종이 지문에게 물었다.

"여기 어디쯤에 연암 선생님이 머무시는 거처가 있다고 들었는데 혹시 알고 계십니까?"

"그건 왜 묻느냐? 그전에 누구인지부터 밝히는 게 도리가 아니더냐?"

말구종의 주인에게 들으라고 한 소리였다. 옥색 두루마기를 걸치고 말에 올라타 앉은 남자가 살짝 웃더니 입을 열었다. 목소리가 부드러웠다.

"나는 연암의 오랜 벗인 김풍고외다. 그러는 그대는 뉘시오?"

지문은 고개를 들어 남자를 올려다보았다. 수염을 길게 길렀지만 전체적인 외양은 깔끔했다. 아직 불혹이 채 안 되어 보였지만 함부로 대할 수 없는 기운이 뿜어져 나왔다. 입성이나 위엄 있는 행동으로 보아 한양에서도 내로라하는 양반임이 분명했다. 연암이 대단하긴 한 모양이었다.

"저는 문생 김지문이라 합니다. 저를 따라오십시오."

남자가 고개를 끄덕이자 행렬이 출발했다.

그때 가마 문이 조금 들렸다. 열대여섯 살쯤 되어 보이는 앳된 여자의 얼굴이 드러났다. 여자는 눈이 부신지 눈을 가늘게 떴다. 지문과 여자의 눈길이 마주쳤다.

그 순간 지문은 붉은 까마귀를 보았다. 여자의 머리 위로 그토록 찾아 헤맸던 붉은 까마귀들이 맴돌고 있었다. 지문은 자기도 모르게 외쳤다.

"붉은 까마귀!"

말구종이 껑충 뛰어 까마귀를 쫓았다. 그 바람에 가마가 흔들렸다. 여자가 재미있다는 듯 크게 웃었다.

"어서 출발하시게."

남자의 말을 듣고서야 지문은 정신을 차릴 수 있었다. 지문이 가마 쪽을 바라보자 여자가 재빨리 가마 문을 닫아 버렸다. 지문은 남자에게 고개를 숙여 보인 뒤 앞장을 섰다. 하지만 여전히 머릿속에는 햇빛에 비쳐 붉게 빛나던 까마귀가 날았고, 귓가에는 여자의 웃음소리가 맴돌고 있었다.

사람들이 집 가까이 오는 기척을 듣고 연암이 눈을 가늘게 떴다. 사립문 안으로 들어서는 이는 분명 김조순이었다. 여자처럼 고운 얼굴, 아담한 체격, 연암이 기억하는 그가 분명했다. 여러 가지 생각이 한꺼번에 밀려왔다. 하지만 연암은 그것들을 다 물리치고 자리에서 벌떡 일어나 버선발로 그를 맞았다. 사람이 왔으니 우선은 맞이하고 보는 것이 도리였다.

"반가우이, 풍고. 자네가 여기까지 어인 일이신가."

"한양에서 내려오는 길입니다."

"한양에서 여기가 어디라고 예까지 찾아오셨는가."

"어르신이 백두산 꼭대기에 계신다 해도 찾아뵈어야 마땅하지요."

"이럴 것이 아니라 어서 올라오시게."

"그전에 제 딸아이부터 소개해 올리겠습니다. 초희야, 어르신께 인사드려라."

안 그래도 연암은 웬 가마인가 싶어 가마를 쳐다보던 참이었다. 여자가 가마에서 내려 연암을 향해 다소곳이 고개를 숙였다. 엉겁결에 인사를 받기는 했지만 전례가 없던 일이라 연암은 좀 당황스러웠다. 구중심처에 있어야 할 양반가의 여식이 아버지를 따라 험하디험한 연암협까지 온 데는 그만한 사연이 있을 터.

연암의 의중을 눈치챈 듯 김조순이 말을 이었다.

"막내딸입니다. 연암 어르신을 뵙는 게 소원이라고 어찌나 조르는지, 예가 아닌 줄 알면서도 데리고 왔습니다."

"따님이 나를 안다니 고맙고 또 부끄럽소."

"여자가 글은 배워서 뭣 하느냐며 나무라도 도통 말을 들어야지요. 놀이 삼아 한 자 두 자 가르쳤는데 제법 알아듣습니다. 요즈음에는 어디서 무슨 말을 들었는지《연암선집》을 구해 달라고 고집을 부리지 뭡니까."

"허허, 그래서 대제학께서 불법으로 유통되는 책을 구하셨단 말씀이오?"

"이거 괜한 소리를 했습니다. 못 들은 것으로 하십시오."

김조순은 정자에 오르고 초희는 마루에 앉았다. 연암이 중현을 찾았지만 어디로 갔는지 보이지 않았다. 연암은 중현 대신 지문을 불렀다. 술상을 준비하라고 말한 뒤 김조순에게 인사를 시켰다.

"인사드리거라. 대제학이신 김조순 대감이시다."

"이미 인사를 나누었습니다. 그나저나 이 세상에서 가장 복받은 젊은이로군요. 어르신께 직접 배우는 복을 누리고 있으니 말입니다."

"풍고가 나를 칭찬하다니 별일이로군. 소문에 듣자 하니 자네가 박 아무개는 맹자 한 구절도 제대로 읽지 못할 거라고 말했다더군."

"말도 안 되는 소문입니다. 누군가가 저를 음해하려고 어처구니없는 말을 퍼뜨렸나 봅니다. 그 말이 사실이면 문형文衡(저울로 물건을 다는 것과 같이 글을 평가하는 자리라는 뜻에서 '대제학'을 달리 이르는 말)의 자리를 어르신께 양보하겠습니다."

"되었소. 재미 삼아 한 소리니 신경 쓰지 마시게. 흰소리는 그만하고 술이나 드십시다."

김조순은 단숨에 잔을 비웠다. 연암도 따라서 잔을 비웠다.

묘한 자리였다. 연암은 김조순을 마지막으로 만났던 것이 언제였던지 곰곰 생각해 보았으나 이제는 기억조차 가물가물했다.

연암은 관직에 나서기 전 백탑 근처에서 살던 시절에 가끔 남공철이며 김조순 같은 경화세족의 자제들과도 어울렸다. 그들은 연암을 따르는 여느 사람들과는 달랐다.

연암과 어울리는 무리는 명문가의 자제인 이서구를 제외하고는 이덕무, 박제가, 유득공, 백동수 등 대개가 서얼이었다. 그들은 실력은 있으나 입신양명은 꿈조차 꿀 수 없는 사람들이었다. 양반들은 그들을 멀리했지만 연암은 내치지 않았다. 내치기는커녕 함께 노래하고 시를 읊고 술을 마시며 가까이 어울렸다.

연암은 그들이 좋았다. 지위나 가문이 아니라 책과 술을 식량 삼아 읽고 마시며 살아가는 그들이 싫지가 않았다. 과거 따위에 목숨을 거는 무리보다는 한량처럼 살아가는 그들이 훨씬 더 편하고 좋았다.

이 무리에 가끔씩 남공철, 김조순이 끼었다. 연암이 그들을 찾은 것이 아니라 그들이 연암을 찾아왔다.

연암은 젊어서는 호기 하나로 살았다. 글을 좋아하고 풍류를 좋아하는 사람이면 누구든 옆에 두었다. 그가 서얼이건 경화세족이건 상관하지 않았다.

그러나 세월은 흐르고, 시간 속에서 우정은 쇠락해 갔다. 김조순과 멀어지게 된 결정적인 사건이 있었다. 바로 문체반정文體反正(박지원의 글을 비롯한 소품문의 유행이 사회문제로 대두되자 정조가 직접 나서 글쓰기를 바로잡겠다는 뜻으로 시행한 고문 회복 정책)이 그것이었다.

정조는 연암을 글로써 세상을 어지럽히는 요주의 인물로

낙인찍었다. 그 후 연암에게 자송문(반성문)을 쓸 것을 지시했고, 어느덧 정조의 최측근이 된 남공철이 어명을 전달했다. 그러나 연암은 차일피일 미루며 자송문을 쓰지 않았다.

이후 연암은 당대의 위험인물로 간주되었다. 그러자 김조순이 조금씩 연암을 멀리하기 시작했다. 김조순은 남공철과 함께 정조가 무척이나 아끼는 인물이었다.

연암은 그런 김조순을 진심으로 이해했다. 본의 아니게 그에게 피해를 주고 싶지 않았다. 그 뒤 연암은 자신을 찾아온 김조순을 문 앞에서 매정하게 쫓아 보냈다.

김조순은 눈치가 빠른 사람이었다. 연암이 자신을 거짓 박대하는 뜻을 헤아려 더 이상 연암을 찾지 않았다.

"마지막으로 뵌 지 벌써 십 년도 더 된 듯합니다."

김조순이 지난 세월을 한마디로 정리했다. 돌아보니 십 년 세월이 마치 하루처럼 느껴졌다.

연암은 입술을 지그시 깨물고 김조순을 쳐다보았다. 연이어 들이켠 술로 김조순은 벌써 얼굴이 불쾌했다. 젊은 시절에는 술에 장사였던 그였지만 흐르는 세월 앞에서는 어쩔 수 없는 모양이었다.

아마도 연암은 김조순보다 더 얼굴이 붉어졌으리라. 이제부터는 몸이 하는 말을 들어야 했다. 더 이상 벌컥벌컥 술을 들이켤 나이가 아니었다.

갑자기 속이 거북해지더니 견디기가 힘들어졌다. 그렇다. 여기는 한양이 아니었다. 싫은 것은 싫다고 해도 되는 곳, 뜨뜻미지근한 겸양 따위는 필요 없는 곳, 세상사에 치여 찌들었던 몸과 마음이 제 목소리를 내는 곳, 바로 연암협이었다.

"그런데 예까지 어인 일이시오? 난데없이 십 년 세월을 회고하러 온 것은 아닐 테고, 어서 말해 보시오. 늙으니 참을성이 없어지는구려."

"늙으셨다니요? 그런 말씀 마십시오. 뵙기에 활력은 여전하십니다."

"그만, 그만. 왜 나를 찾아왔는지나 말해 보오."

김조순이 조용히 웃었다. 부드럽지만 은근한 고집이 느껴지는 웃음이었다. 한때 연암은 그의 웃음이 너무도 마음에 들었다. 연암은 짐짓 약해지는 마음을 감추고 잠자코 김조순이 입을 열기만을 기다렸다.

"그만 한양으로 돌아오십시오. 그리고 저를 도와주셨으면 합니다."

"무슨 말인지 통 모르겠소. 대감이 나를 도우면 도왔지 내가 대감을 도울 일은 없소."

"도와주십시오. 한양으로 오시기만 하면 됩니다. 그것이면 족합니다."

연암은 김조순이 가슴에 숨기고 꺼내지 않는 말을 헤아렸다. 연암이 한양으로 돌아가면 김조순은 그를 찾아올 것이다. 둘이서 무슨 대화를 나누었는가는 중요하지 않다. 그저 둘이 만났다는 사실이 중요한 것이다. 낮말은 새가 듣고 밤말은 쥐가 듣는 법. 김조순이 연암을 만나고 간 다음 날이면 반남 박씨인 연암이 안동 김씨 일파의 수장인 김조순을 지지한다는 소문이 한양에 가득히 퍼질 터였다.

"예까지 일부러 나를 찾아오다니, 상당히 어려운가 보오."

김조순은 연암을 쳐다보았지만 아무 말도 하지 않았다. 연암은 침묵에서 그의 속마음을 읽었다.

연암은 한양에서 벌어지고 있는 일을 얼추 짐작할 수 있었다. 김조순의 안동 김씨 일파와 김관주의 경주 김씨 일파는 정권의 향방을 놓고 치열하게 맞서고 있었다. 정국의 주도권을 쥔 쪽은 대왕대비를 모시는 경주 김씨 일족이었다.

비록 김조순이 대제학이라고 해도 그런 정국에서는 허울일 뿐이었다. 때문에 연암이 필요했다. 제3 세력이라 할 수 있는 반남 박씨가 어느 편에 서는가에 따라 정권의 판도가 바뀔 수 있는 것이다.

김조순은 목숨을 건 전쟁을 치르고 있는 중이었다. 무슨 수를 써서라도 승리해야 했다. 그래야만 자신이 원하는 세상을 손에 넣을 수 있을 것이었다.

"혼사 건은 차질 없이 진행되고 있지 않소?"

"그렇긴 합니다만 그것만으로는….."

정조의 아들인 금상과 김조순의 딸과의 혼사에 관한 말이 전부터 오가고 있었다. 정조가 죽기 전에 약속했던 일이었다. 그러나 정조가 운명하여 반드시 지켜야 할 의무는 사라졌음에도 김조순이 워낙 성품이 무난한 까닭에 노골적으로 반대하는 사람도 없었다. 사정이 그러했음에도 김조순은 여전히 마음이 놓이지 않는 모양이었다.

연암은 속으로 한숨을 쉬었다. 연암협과 한양, 특히 조정까지는 너무 멀었다. 김조순과 자신의 거리는 그보다 더 멀었다. 조정의 일은 연암이 관여할 바가 절대 아니었다.

김조순이 말했다.

"혹시 김관주 쪽에서 사람을 보낸 일이 있습니까?"

"그런 일 없었소."

"조심하십시오."

"힘없는 늙은이가 조심하고 말고 할 게 있겠소."

"도리를 모르는 자들입니다. 위험하다 생각하면 무슨 일을 벌일지 모릅니다."

"나는 모르는 일이오."

"그래도 백탑 시절에 쌓은 인연을 생각해 주십시오."

"이미 오래 살아 더럽혀진 이름이오. 더 이상 그 이름을 더럽히고 싶지 않소."

연암이 딱 잘라 말하자 김조순은 고개를 끄덕였다. 할 말이 더 있는 듯했지만 입을 닫았다. 연암은 천천히 술을 마셨다. 잠시 뒤 김조순이 말했다.

"역시 생각했던 대로입니다. 그럼 제 본심을 털어놓지요. 어르신께 허락을 받기 위해 온 것이 아닙니다."

허락을 받기 위해 온 것이 아니다? 연암은 술이 확 깰 만큼 정신이 번쩍 들었다. 그렇다. 김조순은 연암에게 명령을 한 것이나 다름없었다. 옛정을 생각해 허락을 받는 형태를 취했을 뿐이었다.

김조순이 웃고 있었다. 연암은 속이 끓었지만 면할 도리가 없었다. 오직 술에 취하는 것만이 방법이었다. 연암은 다시 술잔을 기울여 술을 비웠다.

지문이 눈치껏 파악해 보니 초희는 김조순의 서녀였다. 그렇지만 아버지가 대제학이니 농사꾼과 다름없는 잔반인 자신과는 비교할 수 없을 정도로 지체가 높았다. 아무리 도끼질을 해도 벨 수 없는 나무였다. 그런데도 자꾸만 시선이 초희에게 머물렀다.

초희는 얼굴이 희고 고왔다. 시꺼멓고 튼튼한 농가의 여자들과는 비교할 바가 못 되었다. 초희의 머리 위로 붉은 까마귀가 날아오르던 광경이 좀처럼 머릿속을 떠나지 않았다. 지문이 몇 날 며칠을 끙끙 앓으며 고심했던 문제가 초희의 머리 위에서 풀린 것이 마치 운명인 듯 여겨졌다.

지문은 자기도 모르게 한숨을 내쉬었다. 지금은 그런 생각을 하고 있을 때가 아니었다.

연암이 지문을 향해 손짓을 했다. 술병을 새로 채워 오라는 의미였다. 지문은 술병을 가득 채워 연암에게 건넨 뒤 다시 정자 앞에 섰다. 그런데 아까부터 중현이 보이지 않았다. 도대체 어디로 갔을까?

중현은 김조순의 먼 친척이라고 했다. 그런데 김조순 일행이 연암협으로 들어오는 것을 보자마자 도망치듯 사라져 버렸다.

'혹시 나를 속인 것은 아닐까?'

지문은 중현을 의심하며 고개를 살짝 돌렸다. 그때 다시 초희와 시선이 마주쳤다. 지문은 얼른 고개를 돌렸다.

바로 그때였다. 낯선 사람들이 사립문을 열고 들어왔다. 연암이 구라철사금을 만지작거리다가 사람들을 보았다. 연암의 얼굴이 일그러지는가 싶더니 이내 표정이 바뀌었다. 연암이 자리에서 벌떡 일어나 그들을 반겼다.

"자네, 창애가 아닌가. 이 먼 곳까지 어인 일인가."

"자네가 낙향했다기에 인사차 들렀네. 대제학께서 같이 계실 줄은 몰랐구먼."

유한준의 말에 어딘가 모르게 가시가 돋아 있었다.

"유 참의, 오래간만입니다. 이리로 오르시지요."

김조순이 분위기를 바꾸려는 듯 웃으며 유한준을 반겼다.

유한준이라면 지문도 들어본 이름이었다. 고을에서 글줄깨나 읽었다는 사람들 중에는 더러 창애 유한준의 글이 연암보다 훨씬 윗길이라고 평가하는 이들도 있었다.

"얘야, 인사드리거라. 대제학이신 김조순 대감과 연암 박지원 선생이시다."

뒤에 서 있던 청년이 정자에 올라 절을 했다. 지문 또래로 보이는 앳된 청년이었다.

"처음 뵙겠습니다. 돈환이라 합니다."

인사를 올리는 돈환을 바라보다 말고 연암이 깜짝 놀랐다.

"혹시 이 아이가…."

"그렇다네. 죽은 만주의 둘째 아들일세. 올해로 열여섯 살이 되었다네."

"많이 닮았네."

"다행히도 글재주는 죽은 제 아비를 닮지 않았다네. 재주가 없다며 만주를 구박하던 일을 벌써 잊지는 않았겠지."

"다 지난 일일세. 그땐 내가 생각이 짧았네."

"다 지났다고 말해선 안 되지. 만주는 죽는 순간까지 그 일 때문에 가슴에 응어리를 안고 살았네. 그게 다 자네 때문이라고는 말하지 않겠네만, 자네가 큰 역할을 했다는 것만큼은 죽을 때까지 잊지 말게나."

"그만하게. 그런데 이곳까지는 어인 행차신가?"

"그만하라니? 죽은 자식이 아직도 가슴속에 시퍼렇게 살아 있는데 어찌 그만할 수 있겠나?"

"허허, 이 사람이 정말. 듣자 듣자 하니 너무하는군."

"세상 무서운 줄 모르고 떵떵거리던 자네가 골짜기에 처박혀 산다기에 보러 왔네. 자네같이 살면 어떻게 되나 늘 궁금했거든. 그리고 너무한 것 하나도 없네."

"정 그렇게 나온다면 나도 할 말이 있지. 자네가 《열하일기》를 두고 오랑캐의 글이라고 한 것을 잊지는 않았겠지? 벗에게 건넨 분에 넘치는 칭찬을 늘 잊지 않고 있다네."

연암의 얼굴은 붉을 대로 붉어져 있었다. 취기가 오르자 연암은 평소보다 훨씬 더 기운이 넘쳐 보였다. 젊은 날에는 그야말로 굉장했으리라.

분위기가 험악해지자 김조순이 일어나 두 사람을 화해시키려 애를 썼다.

"자자, 그만들 두십시다. 오랜만에 만났는데 옛날 일을 들쑤실 필요 있습니까? 어서들 앉으십시오."

연암은 못 이기는 척 자리에 앉았다. 유한준도 머쓱했는지 이내 자리에 앉았다. 그렇다고 분위기가 달라진 것은 아니었다. 술이 몇 순배를 더 돌아도 오가는 대화에는 여전히 가시가 돋아 있었다. 가벼운 농을 던지며 분위기를 바꾸려 애쓰던 김조순도 지쳐 입을 다물었다.

도대체 저들 사이에 무슨 일이 있었던 것일까? 지문은 혼자서 머리를 굴려 보았지만 궁금증은 쉽사리 풀리지 않았다. 에라, 모르겠다 싶어 옆에 서 있는 돈환에게 귀엣말로 물었다.

"연암 선생님께서 댁의 아버지께 대체 무슨 잘못을 하셨다는 게요?"

돈환이 지문을 아래위로 훑어보았다. 책상물림 서생같이 꽉 막힌 놈이겠구나 생각하며 지문이 대답 듣기를 포기하려는 순간 돈환이 지문의 귀에 대고 속삭였다.

"내 아버지는 연암의 제자였소. 그런데 연암이 글재주가 없다며 아버지를 내치고 말았소."

지문은 고개를 끄덕였다. 짐작한 대로 젊은 시절의 연암은 성질이 어지간했던 모양이다. 웬만한 배짱이 아니고서는 고문의 대가이자 친한 벗인 유한준의 아들을 내치지는 못했을 터였다.

이유를 알았으니 궁금증은 가셨다. 하지만 고작 그만한 일로 만나자마자 핏대를 올릴 필요까지야 없어 보였다. 모양새가 좋지 않았다.

연암이나 창애나 이미 예순을 훌쩍 넘긴 나이였고, 명성도

젊어서와는 비교가 되지 않을 정도로 높았다. 그들이 문장의 대가임에는 틀림없었지만 도량의 대가는 아닌 듯싶었다.

유한준은 술이 약한 것 같았다. 찌푸린 얼굴을 풀지 않고 계속해서 술을 들이켜더니 갑자기 고개를 저으며 기둥에 몸을 기대었다.

유한준을 힐끗힐끗 지켜보던 연암이 구라철사금을 집어 들어 연주를 하기 시작했다. 눈을 감고 있던 유한준이 갑자기 버럭 소리를 질렀다.

"그 악기를 왜 다시 만지기 시작했는가?"

"그리운 벗들이 오랜만에 모였으니 한 곡 하는 중일세."

"그립기는 무슨. 그만두게. 그 악기 소리는 아무래도 편치가 않아. 이야기나 마저 해야겠네."

"그리하게. 이왕 시작했으니 뿌리를 뽑아 보게."

연암이 구라철사금을 소리 나게 내려놓았다. 김조순이 슬쩍 웃으며 엉덩이를 뒤로 빼고 앉았다. 둘의 다툼을 더는 말리지 않으려는 듯했다.

"자네가 내 문장을 비방하기 위해 보낸 편지의 내용을 지금도 똑똑히 기억하네."

"그걸 다 기억하고 있다니, 아직 정정하군."

"평생을 가슴에 담아 두고 새기고 또 새긴 명문이라 좀처럼 잊히질 않네. '보내 주신 문편文片을 양치하고 손을 닦고 난 뒤 무릎을 꿇고 앉아 정중히 읽고 나서 말하오. 그대의 문장이 몹시 기이하다 하겠지만.'"

"그만하게."

연암이 주먹으로 상을 내리쳤다.

"그럼 사과한다는 뜻인가?"

"곰곰 생각해 봐도 내가 사과해야 할 이유는 없는 것 같네. 사실 사과는 자네가 해야지. 기별도 없이 불쑥 찾아와서 이렇게 나를 괴롭히고 있으니 말일세."

연암이 빙긋이 웃으며 말했다.

"사과하게나. 그것으로 오해를 풀게."

"오해는 없으이."

"오만하고 엉뚱한 것도 여전하군. '사물의 명칭이 빌려 온 것이 많고 인용한 전거가 적절치 못하니, 이 점이 백옥의 티라 하겠기에 노형을 위해 아뢰는 바요.' 자네가 쓴 글을 한 자도 틀리지 않게 다시 읊었다네. 이래도 사과를 하지 않겠다는 말인가?"

"무엇을 사과하라는 것인지 통 모르겠군. 잘못을 제대로 지적한 것을 사과하라는 말인가?"

"옹졸한 위인 같으니라고. 백옥의 티가 어쩌고 저째? 그래 놓고도⋯."

"문장을 짓는 데는 법도가 있는 법이네. 자네가 모르는 것 같으니 말해 주지. 《맹자》에 '성姓은 다 같이 쓰는 것이지만 이름은 독자적인 것이다.'라는 구절이 있네. 바로 자네 같은 사람에게 딱 맞는 구절이지. 문자는 다 같이 쓰는 것이지만 문장에는 쓰는 사람의 개성이 드러나는 법이야. 그런데 자네 가 쓴 글을 보게나. 제왕의 도읍지는 다 장안이고, 역대 삼공 은 다 승상일세. 그렇듯 대충대충 넘어가는 것을 두고 어찌 좋은 글이라 하겠는가. 그것은 나무를 지고 다니면서 소금을 파는 격일세."

"이 사람이! 말 다했는가?"

"다하기는."

"자자, 그만하고 내 말부터 들어 보십시오. 이러면 어떻겠 습니까?"

팔짱을 낀 채 잠자코 옥신각신하는 둘을 지켜보던 김조순 이 안되겠다 싶었는지 끼어들었다.

"두 분의 다툼은 도저히 끝날 것 같지 않습니다. 그렇다고 두 분이 멱살을 잡고 싸울 수도 없는 일이지요. 이렇게 하시 는 건 어떻겠습니까. 기어이 승부를 가려야 한다면 문사들답 게 제대로 된 대결을 벌이시는 겁니다."

"어떻게 하자는 겐가?"

연암이 물었다. 승부라는 말에 귀가 번쩍 뜨인 얼굴이었다.

"돈환 군과 지문 군이 문장을 겨루는 겁니다. 문제는 제가

내겠습니다. 두 분의 생각은 어떠신지요?"

먼저 유한준이 대답했다.

"그거 좋은 제안이오. 역시 대제학다운 탁견이오. 글 대결을 벌이면 누구의 실력이 나은지 확실하게 드러나겠지. 가르친 이의 능력도 함께 검증될 테니 자네가 사과할 이유도 분명해지겠지. 어떤가, 응하겠는가?"

연암이 지문을 바라보았다. 지문이 보기에는 말도 안 되는 제안이었다. 돈환은 나면서부터 고문의 거두인 유한준에게 글을 배웠다. 당연히 독학 서생인 지문보다 나을 게 불 보듯 뻔했다. 지문은 고개를 저어 연암에게 거절할 의사를 내비쳤다. 연암은 알아들었다는 듯 고개를 끄덕이더니 김조순을 향해 말했다.

"재미있겠구려, 어디 문제를 한번 말해 보시오."

김조순이 흘깃 지문을 쳐다본 뒤 말했다.

"문제는 까마귀입니다."

돈환이 끙 소리를 냈다. 표정이 무거웠다. 반면 지문은 깜짝 놀랐다. 까마귀라니, 이 무슨 우연의 일치인가.

지문이 연암을 쳐다보자 연암은 고개를 살짝 돌려 지문의 시선을 외면했다. 웃음이 절로 나오려 했다. 그러나 웃어서는 안 되리라. 글은 이미 다 된 것이나 진배없었다. 지문은 그저 붓이 가는 대로 글을 쓰기만 하면 되었다.

곧바로 글을 쓰기 위한 준비가 시작되었다. 사방으로 팽팽한 긴장감이 흘렀다. 종이를 앞에 두고 앉은 지문은 문득 누군가가 자기를 쳐다보는 시선을 느꼈다. 고개를 들어 보니 초희가 있었다. 초희는 급하게 시선을 돌렸다. 좋은 징조리라. 지문은 입술을 꼭 깨물고 한달음에 글을 써 내려갔다.

지문은 글을 마치기 전에 곁눈질로 돈환을 보았다. 여태 고민하고 있으리라 생각했는데 돈환은 뜻밖에도 이미 글을 완성하고 막 붓을 놓은 참이었다. 지문은 자신감이 조금 수그러들긴 했지만 어쩐지 질 것 같지는 않았다.

김조순이 긴장된 적막을 깨고 입을 열었다.

"다 되었는가?"

지문과 돈환은 동시에 일어나 글을 쓴 종이를 김조순에게 내밀었다. 연암이 둘의 글을 흘깃 본 뒤에 말했다.

"풍고, 공정하게 평가하셔야 하오. 실력 차가 워낙 커 보이니 별로 고민할 것은 없어 보이네만."

"여부가 있겠습니까."

"괜한 소리를 하는 걸 보니 제자의 솜씨가 도무지 탐탁지 않은가 보군."

창애 또한 한 마디도 지지 않았다. 하여튼 둘 다 입심도 대단했다.

김조순이 눈을 가늘게 뜨고 글을 읽었다. 짧은 글이었지만 오래 보고 또 보았다. 지문의 손에 땀이 났다. 지문은 긴장을 감추려는 듯 일부러 웃으며 돈환을 쳐다보았다. 돈환은 근심이 있는 사람처럼 눈을 느리게 깜빡였다. 두 사람의 표정만 보아서는 이미 승패가 결정 난 듯했다.

김조순이 종이를 내려놓고 눈을 비볐다. 지문은 그가 어서 결과를 말하기만을 숨죽이며 기다렸다.

김조순은 목청을 한 번 가다듬은 뒤 웃으며 말했다.

"제가 괜한 짓을 한 것 같습니다."

"풍고, 뜸 들이지 말고 어서 판결을 내리시오. 숨이 다 넘어가겠소."

이번에도 역시 연암이 먼저 입을 열었다. 창애는 초조한 듯 말없이 술잔만 비웠다.

"그럼 발표를 하겠습니다. 두 사람 모두 재주가 대단합니다. 문형으로서 기쁘기가 한량이 없습니다. 제 실력으로는 도저히 승부를 가리지 못하겠습니다."

"예끼, 이 사람, 그런 싱거운 답이 어디 있는가?"

"풍고, 예전에 연암과 어울렸다고 괜히 눈치를 보나 본데 그러지 말고 제대로 평가를 해 주시게나. 돈환은 어려서부터 내게 글을 배웠네. 그나마 문장에는 조금 눈을 떴다고 할 수 있는 나조차도 이 아이의 글을 보면서 자주 놀라곤 한다네. 승부를 가리지 못하겠다니 당치 않네."

"그런 아이가 어찌 천하의 사기꾼인 연암의 제자 따위에게 질 수 있겠느냐, 그런 말이렷다?"

"그런 게 아닐세."

"그런 게 아니면 뭔가? 둘러대지 말고 말해 보게."

"허허, 이 사람이 정말."

"알겠습니다. 정 그러하시다면 말씀을 드리지요."

"진작 그랬어야지. 그래 누구의 손을 들어주겠는가? 당연히 지문이지?"

김조순이 연암을 보며 웃은 뒤 침착한 목소리로 말했다.

"굳이 가려야 한다면, 돈환 군의 글이 조금 더 나았습니다."

"당연히 그래야지."

창애가 크게 기뻐했다.

지문은 수긍할 수 없었다. 대체 자신의 글을 제대로 읽기나 한 것일까? 자신의 글을 읽고도 글에 담긴 참신하고 미묘한 뜻을 눈치 채지 못했단 말인가? 그러고도 그가 정말 조선의 대제학이란 말인가?

지문은 눈앞이 캄캄해졌다. 그보다는 연암을 볼 면목이 없었다. 고개가 절로 꺾였다.

어느새 해가 뉘엿뉘엿 지고 있었다. 고반당이 워낙 좁아 일행이 모두 밤을 보내기는 무리였다. 잠은 관아에서 자기로 했다.

현감이 뒤늦게 소식을 전해 듣고 포졸들을 이끌고 연암협까지 들어와 아까부터 고반당 밖에서 기다리고 있었다.

김조순이 말에 오르고 막 출발하려는 순간 지문이 길을 막고 섰다. 포졸들이 지문에게 달려들자 김조순이 제지했다. 그리고 예의 부드러운 목소리로 물었다.

"무슨 일이냐?"

"여쭙고 싶은 것이 있습니다."

"말해 보거라."

"제가 왜 졌는지 그 이유를 알고 싶습니다."

김조순이 흥미롭다는 듯 웃으며 말했다.

"맹랑하구나."

"죄송합니다."

"정녕 그 이유를 알고 싶으냐?"

"알고 싶습니다. 제가 무엇을 고쳐야 하는지, 그리고 무엇을 더 깨달아야 좋은 글을 쓸 수 있는지 알고 싶습니다."

"자네는 지지 않았네."

"네? 무슨 말씀이신지…."

"자네의 글은 훌륭했네. 푸른 까마귀와 붉은 까마귀라, 범인이 생각하기 힘든 훌륭한 발상이지."

"하오면 왜 제가…."

김조순이 지문의 말을 끊고 말머리를 돌렸다.

"연암에게 배운 지 얼마나 되었느냐?"

"이제 한 달이 조금 넘었습니다."

"혹시 연암이 조건을 달지는 않았느냐?"

"과거를 보지 말라 하셨습니다만."

"그럼 그렇지. 괴팍하기는. 아무튼 잘 배우거라. 연암 같은 문장가에게 글을 배울 수 있는 것도 따지고 보면 자네의 큰 복일 테지."

"무슨 뜻인지…."

"그러나 명심하게. 연암의 세상은 저물고 있다네."

"…."

"한양에 오거든 반드시 나를 찾게. 연암이 줄 수 없는 것을 자네에게 주겠네."

"무슨 말씀이신지 도무지 모르겠습니다."

"언젠가는 알게 되겠지. 이제 그만 가 보아야겠네."

"한 가지만 더 묻겠습니다."

"허허, 스승을 닮아 도리를 모르는군."

"왜 하필 까마귀였습니까?"

김조순이 잠시 지문을 똑바로 쳐다보았다. 한 번 빙긋이 웃고 나더니 엉뚱한 소리를 했다.

"한양에 오면 초희를 다시 볼 수 있을 게야."

세상은
커다란 책

행렬이 조금씩 멀어지는가 싶더니 마침내 시야에서 완전히 사라졌다. 지문은 한동안 문밖에 서 있었다. 긴 하루였다. 지금껏 살아왔던 17년 동안 일어났던 일보다 더 많은 일이 있었던 하루였다.

지문은 방금 전 김조순과 나눈 대화를 떠올리며 깊은 생각에 잠겼다. 초희를 다시 볼 수 있다니 대체 무슨 의미일까. 연암이 줄 수 없는 것은 또 무엇일까.

가슴이 두근거렸다. 살아오면서 지금껏 꿈꾸어 왔던 무엇인가가 나무 위에 매달려 있는 듯 느껴졌다. 까치발을 하고 서서 팔을 쭉 뻗으면 닿을 것만 같았다. 그때 누군가가 어깨를 툭 쳤다. 중현이었다.

"형님, 대체 어디에 갔었소? 김조순 대감께서 다녀가셨는데 알고 계시오?"

"선생님께서 좀 보자고 하신다."

중현은 지문의 말을 무시하고 용건만 짧게 전한 뒤 안으로 들어가 버렸다. 오늘따라 중현이 수상했다.

연암은 정자에 큰대자로 누워 있다가 지문이 다가가자 일어나 앉았다.

"왔느냐. 올라와 앉거라."

지문은 무릎을 꿇고 앉았다. 막상 불러 놓고도 연암은 노을이 지는 하늘을 무심히 바라볼 뿐이었다. 결국 지문이 기다리지 못하고 먼저 말문을 열었다.

"선생님, 제가 패한 데 승복할 수 없어 대제학 어른께 그 이유를 여쭈었습니다."

"당돌하기는. 그래, 그가 뭐라고 대답하더냐?"

"제가 진 것이 아니라 하셨습니다."

"허허, 역시 풍고답게 교묘한 말로 둘러댔군. 풍고가 어떤 사람인 줄 아는가?"

연암은 허허롭게 웃은 뒤 술잔에 반쯤 남아 있는 술을 마저 마셨다. 지문은 연암의 다음 말을 기다렸다.

"풍고는 전날 박 아무개, 그러니까 나 연암이 《맹자》 한 구절도 제대로 읽지 못할 사람이라고 평했느니라."

"그럴 리가요."

"풍고는 내 글을 좋아하지 않아."

"그렇다면 왜 이곳까지 찾아온 것입니까?"

"나를 좋아하지는 않아도 나를 필요로는 하지. 그게 바로 풍고니라. 내가 왜 이런 말을 하는지 알겠느냐?"

"…."

"지금은 잘 모를 테지. 그래도 언젠가는 불현듯 깨닫는 날이 있을 것이다."

지문은 도통 무슨 말인지 알아들을 수가 없었다.

"그리고 아까 대결 말이다. 풍고가 돈환의 손을 들어 준 데는 나도 동의하는 바가 있다."

"네?"

"그 이유를 말하기에 앞서 오늘 네 태도에 대해 먼저 말해야겠다. 너는 글을 짓는 내내 심중을 그대로 드러냈느니라. 상대를 깔보는 듯한 오만함이 얼굴에 넘쳐흘렀단 말이다."

지문은 당황해 말문이 닫혔다.

"너는 글보다는 승부에 관심이 있었던 게야. '다섯 자 글귀를 완성하기 위해서는 일생의 정력을 기울여야 한다.'는 시구가 있다. 글쓰기는 그렇듯 전심전력을 해야 하는 법. 그런데 너는 승부에만 관심을 갖고 자만했다. 그러니 네 글이 어찌 읽는 이의 마음을 흔들 수 있었겠느냐."

지문은 고개를 들 수 없었다. 연암의 말이 다 옳았다.

"앞으로 또다시 그런 잘못을 범한다면 그때는 당장에 너를 내칠 것이다. 알겠느냐?"

"네."

"풍고가 돈환의 손을 들어 준 데는 까닭이 있느니라. 창애는 작은 것까지 전부 가슴에 담아 두는 사람이다. 돈환마저 진다면 창애의 분노는 하늘을 찌를 테고, 그 분노는 나를 향해 분출될 것이다. 풍고는 그 사실을 알았던 게야. 그래서 돈환의 손을 들어 준 것이지. 그런 것을 보면 풍고는 참으로 생각이 많은 사람이다."

"제가 진 것이 아니라던 말씀도 바로 그 때문입니까?"

"어차피 너와 돈환의 승부가 아니었다. 창애와 나를 조금이라도 가깝게 만들려고 풍고가 짜낸 대안이었던 것이야."

지문은 고개를 끄덕였다. 하지만 연암의 말을 온전히 수긍한 것은 아니었다. 연암은 애써 의미를 축소했지만, 김조순이 자신의 글을 높이 평가한 것만큼은 분명해졌다.

연암이 지문의 속내를 읽기라도 한 듯 물었다.

"풍고가 다른 말은 하지 않더냐?"

지문은 잠시 고민했다.

"그게 다였습니다."

연암이 지문을 뚫어져라 쳐다보았다. 지문은 고개를 숙여 그 시선을 피했다.

"그래."

연암은 아는지 모르는지 그저 지문을 지긋이 바라보다 말을 이었다.

"네가 쓴 글에 대해 이야기를 해 보자. 한 번 읽어 보거라."

아, 저 까마귀를 보라. 그 깃털보다 더 검은 것이 없건만, 홀연 유금(노란)빛이 번지는가 싶더니 다시 석록빛이 번지기도 하고, 해가 비치면 자줏빛이 튀어 올라 눈에 어른거리다가 다시 비취색으로 빛난다. 그렇다면 그 새를 '푸른 까마귀'라 불러도 될 테고 '붉은 까마귀'라 불러도 될 터이다.

그 새는 본래 제 빛깔을 정하지 않았거늘, 내가 눈으로 보고 먼저 그 빛깔을 정한 것이다. 어찌 단지 눈으로만 정했으리오. 보지 않고 먼저 마음으로 정한 것이다.

아, 까마귀를 검다고 단정 짓는 것만으로도 충분하거늘, 또다시 까마귀로써 천하의 모든 색을 한정 지으려 하는구나. 까마귀가 과연 검기는 하지만, 검은빛 안에 이른바 푸른빛과 붉은빛이 다 들어 있는 줄을 누가 알겠는가.

검은 것을 일러 '어둡다' 하는 것은 비단 까마귀만 알지 못하는 것이 아니라 검은빛이 무엇인지조차 모르고 하는 소리다. 왜냐하면 물은 검기 때문에 능히 비출 수 있고, 옻칠은 검기 때문에 능히 거울이 될 수 있기 때문이다. 그러

므로 빛깔 있는 것치고 빛이 있지 않은 것 없고, 형체 있는 것치고 맵시가 있지 않은 것 없다. [3]

"어떻게 문제를 해결했느냐?"

"처음 며칠간은 다른 생각 없이 한자리에 앉아 까마귀만 쳐다보았습니다."

"그런 다음에는?"

"계속 까마귀만 보고 있으니 머리가 아파 오고 생각에도 진척이 없었습니다. 그래서 이리저리 걸었습니다. 걷다 지치면 책도 읽었습니다. 그러면서 까마귀를 보게 될 때마다 관찰하고 생각을 했습니다."

"그런 다음에는?"

"그러기를 며칠 하다가 우연히 까마귀를 보았습니다. 햇빛을 받아 눈부시게 빛나는 까마귀를 본 순간 뭐랄까, 갑자기 깨달음이 스쳤습니다. 아직 제가 학식이 짧아 그 순간의 느낌을 말로 표현하기가 쉽지 않습니다."

초희의 머리 위를 날던 까마귀 덕분이라 말하기는 쑥스러웠다. 다행히도 연암은 지문의 대답에 토를 달지 않았다. 다만 만족한 대답을 들었다는 뜻일까, 연암의 얼굴에 미소가 스치고 지나갔다. 지문은 잠자코 연암의 다음 말을 기다렸다.

"보기보다 기특한 면이 있구나."

"송구합니다."

"네가 스스로 '약約'과 '오悟'의 이치를 깨달았구나."

"네?"

"문제가 풀리지 않을 때는 거리를 두는 것도 좋은 방법이다. 네가 이리저리 걸으며 까마귀를 본 것이 그 방법이었다. 그럴 때 비로소 문제를 객관적으로 인식할 수 있다. 그것을 일컬어 약의 이치라고 하느니라."

"네."

"문제를 인식하고 나면 언젠가는 문제의 본질을 깨닫는 통찰의 순간이 오는 법. 네가 갑자기 깨달았다고 한 그 순간이니라. 통찰은 결코 저절로 오지 않는다. 반드시 넓게 보고 깊게 파헤치는 과정이 필요하다. 그것을 일컬어 오의 이치라고 하느니라."

연암이 약과 오의 이치를 일러 주었지만 지문의 가슴속에는 여전히 풀리지 않는 의문이 남아 있었다.

"선생님, 그런데 왜 하필 까마귀를 관찰하게 하셨습니까?"

"문자로 된 것만이 책은 아니라는 사실을 알아야 한다. 책에 세상 사는 지혜가 담겨 있으니 정밀하게 읽을 필요가 있기는 하지만, 그렇다고 늘 책만 본다면 물고기가 물을 인식하지 못하듯 그 지혜를 제대로 보지 못한다. 기껏 박람강기博覽強記(동서고금의 많은 책을 읽고 여러 사물에 대해 잘 생각하는 것)만

자랑하게 될 뿐 정말로 알아야 할 것은 알 수가 없다는 말이지. 즉, 요약하고 깨달아야 하는 대상은 문자로 된 책뿐만 아니라 천지만물에 흩어져 있다는 뜻이다. 그런 눈으로 보면 세상이 하나의 커다란 책이고, 그때 비로소 천지만물은 제 안의 것을 보여 주느니라. 이것이 바로 네가 깨우쳤으면 했던 붉은 까마귀의 이치다."

"그렇군요."

"요즈음 사람들은 도통 천지만물을 제대로 읽고 음미할 줄을 몰라. 《천자문》에 '천지현황天地玄黃', 즉 하늘은 검고 땅은 누르다고 나와 있으니 그저 그런 줄만 알 뿐이지 스스로 그렇다고 느끼지는 못해. 네가 보기에도 하늘이 정녕 검으냐?"

"그렇지 않습니다. 해가 뜨고 질 때, 해가 중천에 머물러 있을 때, 맑고 흐릴 때가 다 다릅니다."

"알아들었으니 다행이로구나. 이제 비로소 약과 오. 두 자를 익힌 셈이다. 법고法古의 단계를 깨달았다고나 할까."

"법고라면 고문의 법도들을 말씀하시는 것입니까?"

"그렇다. 타파해야 할 낡은 것들이야. 하지만 그 속에서도 배울 것은 있다. 글을 쓰는 기본 원리는 고문이나 지금의 글이나 전혀 다르지 않으니까."

연암은 스스로 고개를 끄덕인 뒤 지문에게 묵직한 종이 뭉치를 건넸다.

"흠이 많기는 하지만 그래도 법고를 넘어서기에는 좋은 글들이니라. 네 눈에 낀 고문의 오래된 눈곱만큼은 확실히 떼어 줄 것이다."

지문은 종이 뭉치를 훑어보았다. 초정 박제가의 이름이 보였다. 그렇다면 이 종이 뭉치는 초정의 글을 모아 놓은 것일 터였다.

"잘 읽고 머리에 담아 두거라. 조만간 쓸 일이 있을 테니."

"네?"

"피곤하구나. 이만 가 보거라."

연암은 다시 정자에 눕더니 이내 코를 골았다. 지문은 중현에게 인사를 하고 집 밖으로 나왔다.

지문은 잠시 고개를 들어 밤하늘을 올려다보았다. 맑고 고운 하늘이었다. 별들은 쏟아질 듯했고, 보름을 향해 가는 상현달이 밤하늘에 색을 더하고 있었다. 검으면서도 푸른빛이 도는 저 색을 어떻게 표현해야 할까. 지문은 자신이 아는 색을 하나하나 떠올리며 한참 동안 하늘을 올려다보았다.

어항에
갇힌 물고기

　누군가가 문을 통통 두드렸다. 밖에서 청지기가 히죽 웃으며 서 있었다. 녀석이 가리키는 곳에 여종이 밥상을 들고 서 있었다.

　평소 종채는 먹는 것을 유난히 밝혔다. 때가 되기도 전에 밥을 가져오라고 말하는 날이 열흘 중 일고여덟 날은 되었다. 그런데 오늘은 달랐다. 밥상을 보았는데도 도무지 식욕이 없었다. 종채는 손을 내저었다. 청지기와 여종이 깜짝 놀라 마주 보고 고개를 갸웃거리다가 물러갔다.

　유한준. 그 이름을 어찌 잊겠는가. 천성이 온순한 종채였지만 유한준만 생각하면 열불이 치밀어 올랐다. 그자가 한때 아버지와 벗이었다는 사실이 좀처럼 믿어지지 않았다.

　종채는 아버지의 유고를 뒤져 아버지가 유한준에게 보냈

던 편지 한 장을 찾았다.

저물녘에 용수산에 올라 그대를 기다렸으나 그대는 오지 않고 강물만 동쪽에서 흘러와 어딘가로 흘러갔소. 밤이 깊어 달빛 비친 강물에 배를 띄워 돌아와 보니, 정자 아래 고목나무가 하얗게 사람처럼 서 있기에 나는 또 그대가 거기에 먼저 와 있었던가 의심하였다오.[4]

종채는 차라리 그 편지를 찢어 버리고 싶었다. 아름다운 우정이 깨지는 것은 결코 있어서는 안 될 일이었다. 종채는 편지를 유고 위에 올려놓은 뒤 고개를 저었다. 유한준에 대한 기억 때문에 해야 할 일을 미룰 수는 없었다. 종채는 붓을 들어 종이에 다음과 같이 썼다.

| 글쓰기 비밀 **2** |

관찰하고 통찰하라.

조선에서도 책 수집이 유행하고 있었다. 몇천 권을 모은 사람들도 부지기수였으며, 만 권을 모아 '완위각'이라는 서재를 꾸민 이하곤 같은 이도 있었다. 사람들은 완위각을 부러워하여 '만권루'라 바꿔 부르기도 했다.

한때 종채도 장서가들을 마냥 부러워했다. 그러나 그들은 어항에 갇힌 물고기였다. 자신이 어항에 갇혀 있다는 사실조차 모르는 답답한 물고기였다. 어항 속에 갇혀 있다는 것을 알려면 어항 밖으로 나와야 한다. 그러나 물고기에게 어항 밖으로 나오는 일은 목숨을 건 모험이었다.

"그래도 나와야지."

종채는 혼자 중얼거린 뒤 계속해서 글을 써 내려갔다.

그렇다. 그래도 나와야 한다. 어항을 깨고 나와야만 세상을 볼 수 있다. 어항은 곧 책이다. 책을 꼼꼼하게 읽었다면 다음은 객관적인 입장에서 관찰하고 바라보아야 한다. 그래야만 책이 말하는 의미를 명확하게 짚어 낼 수 있다.

세상이라는 책도 마찬가지다. 그게 바로 약의 원리다. 약을 알고 난 뒤 넓고 깊게 반복하다 보면 불현듯 통찰의 순간이 온다. 개인의 좁은 안목과 시야가 확장되면서 보편적인 사물의 이치가 드러나는 것이다. 그렇게 오의 단계에 이르면 비로소 그 사물에 대한 글을 쓸 수 있다. 관찰과 통찰이 글을 쓰기 위한 전제 조건이라는 의미다. 마찬가지로 사물에 대한 새로운 통찰 없이는 제대로 된 글을 쓸 수 없다.

종채는 붓을 내려놓고 이마에 흐르는 땀을 닦았다. 아직 초봄이었지만 종채는 벌써 여름을 느끼고 있었다. 금년 여름은 무척이나 더울 것 같았다. 아버지를 닮아 더위를 많이 타는 편이었다.

종채는 자신이 쓴 글을 보며 만족해했다. 완전하지는 않지만 글쓰기의 실체에 조금씩 다가가는 듯 느껴졌다.

그때였다. 갑자기 기분이 찜찜해졌다. 무엇인가를 놓치고 있는 듯했다. 종채는 덮었던 책장을 들췄다. 〈적오赤烏〉라는 제목으로 지문이 지은 글을 다시 한번 천천히 읽어 보았다. 이상했다. 그 글은 제목만큼이나 낯익었다.

한참을 생각에 잠겼던 종채는 자리에서 벌떡 일어나 아버지의 유고를 뒤지기 시작했다. 있었다. 제목은 달랐지만 분명 아버지의 글 속에도 붉은 까마귀가 있었다. 아버지가 지은 글의 제목은 〈능양시집서〉였다. 아버지 삼종형의 서출인 박종선의 시집에 붙인 서문이었다.

머릿속이 복잡해졌다. 아버지는 당신이 쓴 글들 중 남아 있는 것들을 빠짐없이 정리해 놓았다. 〈능양시집서〉도 그중 하나였다. 그런데 이 책에 의하면 〈능양시집서〉는 지문이 쓴 것이다. 그렇게 말할 수 있는 이는 지문뿐이다. 그렇다면 이 책은 지문이 쓴 것일까?

지문은 십 년이 넘도록 행적이 묘연했다. 그런데 그가 왜 갑자기 이 책을 들고 나타났을까? 과연 그라면 대체 무슨 속셈이 있는 것일까? 친구에게 들었던 소문이 떠올라 머리가 어지러웠다. 그렇다면 그 소문이…. 설마, 아니다. 아직은 아무것도 단정 지을 수 없다.

교묘한 책이다. 글쓰기의 비법을 알려 주는가 싶더니 어느새 커다란 의문부호를 던지고 있었다. 입안이 탔다. 종채는 마른침을 삼켰다.

작가의 생각법

박제가를
만나다

박제가를 찾는 일은 그다지 어렵지 않았다. 지문은 마을 초입의 허름한 주막에 들어가 박제가의 거처를 물었다. 지문을 보고 교태스러운 몸짓으로 다가왔던 주모는 박제가라는 이름을 듣자마자 얼굴을 찌푸렸다.

"아, 그 여우 같은 계집을 끼고 사는 난쟁이 영감?"

"네, 그런 것 같습니다만…."

"이 길 따라 쭉 가면 제일 끝에 있소."

박제가가 오 척 단구임은 지문도 이미 알고 있었다. 연암이 난쟁이처럼 자그마한 영감을 만나면 그가 바로 박제가인 줄 알라고 미리 일러두었기 때문이다.

그러나 여우 같은 계집을 끼고 산다는 말은 금시초문이었다. 연암은 박제가가 유배 중이라고 했다. 비록 서얼이라고는 하지만 규장각검서관까지 지낸 이가 유배지에서 계집을 끼고 산다? 선뜻 이해가 가지 않았다.

연암의 지인들은 괴팍하다는 면에서는 결코 연암에 뒤지지 않았다. 유유상종이라는 말이 떠올랐지만 연암은 지문에게 스승이었다. 지문은 얼른 그 말을 머리에서 지웠다.

박제가의 집은 마을 끝에 있었다. 싸리울 너머로 들여다보니 그리 넓지 않은 집 안이 훤히 보였다. 방 두 칸짜리 초당과 마당에 놓인 평상이 전부였다. 허름한 고반당도 이 집에 비하면 한참 윗길이었다. 문장가들이 대접받는 시기는 아직 오지 않은 듯했다. 지문은 이름 높았던 문사들의 영락을 목격하는 듯해 입맛이 씁쓸했다.

지문이 사립문 앞에 서서 사람을 불렀다. 응답이 없었다. 아무도 없나 싶어 울 너머로 고개를 빼꼼 들이미는 순간 무엇인가가 지문의 머리를 때렸다.

"아야!"

지문이 머리를 쥐고 돌아섰다. 눈앞에 선 사람은 틀림없는 박제가였다. 지팡이를 쥔 그의 몸집은 단소했고, 희끗한 수염이 얼굴의 절반을 덮고 있었다. 눈가에는 주름이 자글자글했지만 눈썹 끝은 세월의 흐름에 역행하는 듯 기세 좋게 위로 치솟아 있었다.

그의 곁에 한 여자가 서 있었다. 채 스물이 안 되어 보였다.

주모가 말한 그 여자인가 보았다. 여자는 지문을 보더니 재빨리 고개를 숙이고는 먼저 집 안으로 들어갔다.

지문은 고개를 숙여 박제가에게 인사를 올렸다.

"김지문이라 합니다. 연암 선생님께서 보내셨습니다."

연암이란 말에도 박제가는 잠시 눈을 치켜떴을 뿐 그다지 반가워하지 않았다. 박제가는 입을 꼭 다문 채 감정을 전혀 드러내지 않았다. 지문이 품 안에서 편지를 꺼내 건넸다. 편지를 읽은 뒤에야 박제가의 표정이 한결 밝아졌다.

"미안하이. 내가 좀 유별나지?"

"아닙니다. 괜찮습니다."

"사람에 하도 치여 살다 보니 말을 그대로 믿지 못하게 되어 버렸네. 게다가 위리안치圍籬安置(유배된 죄인이 거처하는 집 둘레에 가시로 울타리를 치고 그 안에 가두어 두던 일)까지는 아니더라도 유배객 신세다 보니 조심해야 하는 것도 있고. 자네가 이해를 해 주게나. 자, 예서 이러고 있을 게 아니지. 어서 안으로 들어가시게. 연수야, 반가운 손님이 오셨다. 술상 좀 보아라."

박제가는 지문의 등을 떠밀며 집 안을 향해 소리쳤다. 작은 몸집과 달리 등을 미는 손의 힘은 젊은이 못지않았다.

평상에 술상이 차려졌다. 탁주와 콩자반, 김치가 전부였다. 박제가는 지문에게 한 잔을 권하더니 몇 잔을 연이어 마셔 댔다. 잠시 뒤 시원하게 트림을 했다. 탁주 냄새가 코를 찔렀다.

"이제야 좀 살 것 같군. 그래, 지문이라 했나? 연암이 편지에서 자네를 꽤 칭찬했더군."

"아닙니다."

"좋은 징조야. 문장에 관한 한 까다롭기로 둘째가라면 서러워할 연암이 그리 말했으니 얼마나 좋아. 나 같으면 자랑스러워하겠네."

편지에 어떻게 쓰여 있기에 박제가가 저렇듯 칭찬을 아끼지 않는 것일까. 하지만 편지를 쓴 이는 연암이다. 연암은 자신의 문장과 꼭 같은 사람이다. 자세히 읽지 않으면 칭찬인지 비난인지 욕인지 도무지 구분할 수가 없다. 지문은 그런 연암이 자신을 칭찬했다는 사실이 도무지 믿어지지 않았다. 갑자기 아랫배가 무지근해졌다.

박제가가 말을 이었다.

"자네가 보기에 연암은 어떤 사람인가?"

뜻밖의 질문이었다. 대답하기가 참 곤란했다. 조금 전까지 처져 있었던 박제가의 눈에 어느덧 시퍼렇게 날이 서 있었다.

지문은 초정이 썼던 문장들을 생각했다. 문장은 역시 사람을 닮게 마련이었다. 박제가의 글 곳곳에서 돌출하는 비수 같은 문장들에는 그의 날카로운 심성이 고스란히 반영되어 있었다. 지문은 잠시 머뭇거린 뒤 대답했다.

"조선 제일의 문장가라고 생각합니다. 그 문장….'"

"아니, 그런 것 말고. 나는 자네가 느낀 연암의 인간적인 면모에 대해 물었네."

"그건… 잘 모르겠습니다."

"잘 모르겠다? 허허, 좋았어. 연암의 제자라고 자처하면서 그 스승을 모른다? 아주 마음에 드는 대답일세."

박제가는 껄껄껄 웃더니 빈 술잔에 술을 따르려 했다. 술병이 비어 있었다. 박제가는 술병을 흔들며 큰 소리로 외쳤다.

"연수야, 술 좀 더 가져와라."

여자의 이름은 연수였다. 잠시 후 연수가 새 술병을 들고 나타났다. 연수가 얼굴을 꼿꼿이 세우고 걸어온 까닭에 지문은 비로소 그의 얼굴을 제대로 볼 수 있었다. 특별히 아름답지는 않았다. 피부는 거칠었고 얼굴은 살짝 각이 졌다. 그럼에도 눈은 아이처럼 반짝반짝 빛이 났다.

지문은 머릿속으로 한 여자의 모습을 떠올렸다. 초희였다. 갸름하고 하얀 얼굴의 초희 때문에 지문은 지난 몇 달 동안 제대로 잠을 못 자고 있었다.

"똑똑해 보이지?"

빈 술병을 들고 부엌으로 돌아가는 연수를 보며 박제가가 큰 소리로 말했다. 여자가 들어도 상관없다는 표정이었다. 지문은 조그마한 소리로 응대했다.

"예, 아주 참한 소실을 두셨습니다."

박제가가 갑자기 두 눈을 커다랗게 뜨더니 크게 웃었다. 박제가는 감정의 기복이 매우 심한 사람인 듯했다.

"소실이라? 그래, 그렇지. 소실이고말고."

박제가는 뭐가 그리 재미있는지 호탕하게 웃었다.

"그나저나 자네가 잘 모른다고 하니 내가 연암에 대해 좀 말해 줄까?"

지문으로서는 거절할 이유가 없었다.

"연암은 굉장한 호인일세. 내가 그를 처음 만났을 때 그는 직접 쌀을 안쳐 밥을 대접해 주었지. 아무리 세월이 흐른다 해도 그 아름다운 장면은 두고두고 잊지 못할 걸세."

잠시 둘 사이에 침묵이 흘렀다. 지문이 어색함을 면하기 위해 술잔을 잡는 순간 박제가가 다시 큰 소리로 말했다.

"연암은 굉장한 악인일세. 알겠나?"

지문은 깜짝 놀라 술잔을 내려놓고 박제가를 쳐다보았다.

이건 또 무슨 소리인가. 방금 전에 연암은 호인이라고 말하지 않았던가. 그런데 이번에는 또 악인이라니.

"연암은 나를 소인배라고 평했네. 물론 내 앞에서 대놓고 말한 것은 아니지만, 어쨌든 그가 나를 그렇게 생각한다는 것을 알게 되었지. 내가 그 사실을 어떻게 알게 되었는지 궁금하지 않나?"

지문은 말없이 박제가의 다음 말을 기다렸다. 그때 부엌에서 고개를 빠끔히 내밀고 박제가의 말을 엿듣고 있는 연수의 모습이 눈에 들어왔다.

"한번은 연암의 집에 들렀네. 종채가 마침 연암이 보낸 편지를 읽고 있더군. 그런데 녀석이 나를 보더니 뜨끔하는 표정을 짓는 거야. 종채는 순진해서 생각하는 것이 그대로 얼굴에 드러나거든. 나는 다짜고짜 편지를 빼앗아 읽었네. 아니나 다를까, 연암이 나를 소인배라고 평하고 있더군. 얼마 전까지만 해도 제 간이라도 떼어 줄 것처럼 다정하게 굴더니 말일세. 앞에서는 띄워 주고 뒤에서는 후려친 거야. 그게 바로 연암이야. 내가 왜 그를 악인이라 했는지 이젠 짐작하겠지?"

지문은 적잖이 혼란스러웠다. 박제가의 말을 도무지 해독할 수가 없었다. 한 마디 한 마디는 명확했으나 왜 그런 이야기를 하는지 도무지 짐작이 되지 않았다.

전날 연암이 천지만물이 다 책이라고 했던 말이 생각났다. 그 천지만물에는 인간도 포함될 터. 지문 앞에서 침을 튀기고 있는 박제가 역시 그대로 한 권의 책이었다. 그는 생각나는 대로 마구 내뱉고 있었다. 마치 끈이 풀려 낱낱이 흩어진 책 같았다.

그렇지만 그것은 겉모습일 뿐 본질은 아니었다. 박제가라는 책은 지문에게 책을 묶은 뒤 행간을 주의 깊게 읽으라고 말하고 있었다.

"왜 대답이 없는가? 스승을 욕하니 듣기에 민망한가?"

"아닙니다."

"아니다? 그러하면?"

"초정 선생님의 마음속에 있는 진심을 짐작하려 애쓰는 중입니다."

"당돌하군. 그래, 자네가 보기에 박제가라는 잡놈 중의 잡놈은 지금 무슨 생각을 하고 있는 것 같은가?"

"초정 선생님께서는 제게 사물을 보는 두 가지 시각에 대해 말씀하시고 계신 듯합니다."

"자네도 참 엉뚱한 사람일세."

"제 말은…."

"그만하게. 연암이 왜 자네를 택했는지 대강은 짐작할 것 같으이."

박제가는 지문의 말을 가로막고는 호기롭게 술잔을 비웠다. 이번에는 빈 술병을 흔들기도 전에 연수가 다가와 새 술병을 내려놓았다. 박제가가 부엌으로 향하는 연수의 뒷모습을 오래 바라보았다. 그리고 지문의 귀에 대고 속삭였다.

"오늘밤 내 소실과 함께 보내게."

"네?"

"자네가 마음에 들었네. 기생이 없으니 소실이라도 보내 수

청을 들게 해야지. 우정의 선물이니 사양하지 말게나. 그랬다가는 제대로 경을 칠 것일세. 알겠나?"

너무 놀란 나머지 지문은 절로 벌어진 입을 닫을 생각도 못 했다. 박제가가 아무리 자유분방한 사람이라지만 소실을 물건 취급하다니, 군자로서 도저히 있을 수 없는 일이었다. 생각 같아서는 당장 자리에서 일어나 호통을 치고 싶었지만 상대는 스승의 벗이었다.

박제가는 술기운이 오른 듯 트림을 해 댔다. 시큼한 술 냄새가 자못 참기 힘들었다. 지문은 눈을 감았다 떴다.

"알겠습니다."

박제가는 지문이 말로 설득할 수 있는 위인이 아니었다. 지문이 말을 하면 할수록 박제가는 집요하게 지문을 설득할 것이 분명했다.

연수가 콩자반과 김치를 더 내왔다. 박제가가 연수를 힐끔 쳐다보다 말고 아무 일도 없었던 듯 평온한 목소리로 말했다.

"연암이 자네에게 문제를 주었네."

연암이 지문을 불러 박제가에게 다녀오라 했을 때 지문도 대강은 짐작했다. 그저 안부나 전하라고 연암협에서 말을 타고도 며칠씩 걸리는 두만강 변까지 보냈을 리는 없었다.

지문이 첫 번째 문제를 해결한 뒤에도 연암은 별다른 가르침을 주지 않았다. 그저 가끔씩 "초정의 글들은 잘 읽고 있느냐?" 하고 물을 뿐이었다. 석 달 내내 똑같았다.

그렇게 여름이 가고 어느덧 가을로 접어들었다. 연암은 지문에게 편지 한 장을 건네주며 종성에 있는 박제가에게 다녀오라고 했다.

"연암이 낸 문제에 맞는 글을 써서 내게 주면 되네. 평가는 내게 맡겼군. 자식 앞에서 망신을 주더니 그래도 연암이 나를 인정하기는 하는 모양일세."

"문제를 알려 주십시오."

"기다리게나. 성격하고는. 어디 보자. 문제는 '명문장가 한신'이로군. 흐흠, 흥미롭군. 알겠나?"

지문이 알 리가 없었다. 마셨던 술이 한꺼번에 깨는 것 같았다. 머릿속이 안개라도 낀 것처럼 흐려졌다.

한신이라⋯. 그는 한나라를 세우는 데 큰 공을 세웠던 무장 중의 무장이었다. 그런 한신이 선비처럼 글을 잘 읽고 잘 썼다는 말은 여태껏 들어 본 적이 없었다. 그런데 명문장가 한신이라니. 도대체 연암은 무슨 생각을 하고 있는 것일까?

박제가는 지문의 속도 모른 채 노래를 흥얼거렸다.

구욱구욱 물수리는 강가 숲속에서 우는데,

대장부의 좋은 배필,

아리땁고 고운 아가씨는 어디에 있는고.

119

올망졸망 마름풀을 이리저리 헤치며 뜯노라니,

아리땁고 고운 아가씨, 자나 깨나 그립네.[5]

지문이 술잔을 들어 단숨에 비웠다. 박제가가 부르는 노래는 《시경》의 〈국풍〉 편에 나오는 '관저'였다. 군자가 배우자를 찾는 장면을 물수리에 빗댄 노래였지만 지금 박제가는 그런 의도에서 부르는 것이 아니리라.

밤늦게까지 이어진 술자리는 결국 술이 바닥난 뒤에야 끝이 났다. 박제가는 술병을 뒤집어 술이 없음을 확인하더니 아쉬운 듯 지문의 어깨를 탁 치고는 방으로 들어갔다. 노래는 계속 불러 댔다.

'지독한 양반이군.'

지문은 불 꺼진 연수의 방을 쳐다보았다. 한참을 망설였지만 결정을 내리지 못했다. 지문은 여전히 마음을 정하지 못한 채 연수가 자고 있는 방의 문 앞으로 다가섰다.

"흐흠."

지문이 헛기침을 했다. 안에서 기척이 없었다. 지문은 다시 망설였다. 그냥 박제가의 방으로 가는 것이 옳을 듯싶었다. 하지만 그랬다가는 박제가에게 "사내놈이 쯧쯧…." 하며 온갖 비난을 들을 것이 분명했다. 여자를 물건처럼 대하는 소인배에게 그런 말을 듣기는 죽기보다 싫었다.

'일단은 들어가자. 그냥 앉아 있으면 그만이리라.'

지문은 마음을 다잡고 문을 밀었다. 문이 삐거덕 소리를 내며 안으로 열렸다.

지문은 어둠 속으로 한쪽 발을 들여놓았다. 그 순간 무엇인가에 머리를 정통으로 부딪혔다. 소리를 지를 틈도 없이 무차별 공격이 쏟아졌다. 예기치 않은 주먹질, 발길질에 지문은 그대로 쓰러지고 말았다.

등불이 켜졌다. 지문은 그제야 고개를 살짝 들어 연수를 쳐다보았다. 연수가 다듬잇방망이를 꼭 쥔 채 가쁜 숨을 몰아쉬고 있었다. 방망이를 휘두르지 않은 것이 그나마 다행이었다.

연수가 소리쳤다.

"대체 어찌된 일입니까?"

"그게… 초정 선생님께서…."

건넌방에서 박제가 킥킥대고 웃었다.

지문은 몸이 성한지 여기저기를 확인했다. 그동안 연수는 골똘히 생각에 잠겨 있었다. 몇 군데 멍이 들었을 뿐 크게 다친 곳은 없었다. 제법 아팠지만 자신이 저지른 짓을 생각하면 마음 놓고 끙끙댈 처지도 아니었다.

지문은 조용히 일어났다. 연수가 지문을 불러 세웠다.

"잠시만요."

"…."

"선생님께서 정확히 뭐라고 하셨던가요?"

"제가 실례를 범했습니다."

"선생님께서 뭐라고 하셨느냐고 물었습니다."

"그러니까… 제가 참 어여쁜 소실을 두셨다고 하니까, 그러면… 오늘밤 이 방에서 자라고…."

"소실이요? 제가 초정 선생님의 소실이란 말이에요?"

"아, 아닙니까?"

그제야 연수는 의혹이 풀린 듯 환하게 웃었다. 연수가 조금은 누그러진 목소리로 말했다.

"아니고말고요. 저는 초정 선생님의 문생입니다."

"예? 문생이라고요? 여자가 어찌…. 아니, 그런데 선생님은 왜…."

연수는 조용히 문을 닫은 뒤 낮게 한숨을 내쉬었다.

"알아요, 사람들이 저를 소실로 여긴다는 거. 하지만 그건 사실이 아니에요."

지문은 머리를 매만졌다. 술도 얼근하게 취한 데다 한 대 얻어맞기까지 한 터라 머릿속이 영 흐릿했다.

"제 이야기 좀 들어 볼래요?"

호불호를 따질 처지가 아니었다. 지문은 잠자코 연수의 다음 말을 기다렸다.

"저는 어려서부터 책 읽기를 좋아했어요. 계집이 글을 알아뭐하냐고 하는 소리도 수없이 들었지만 포기하지 않았어요. 그저 글이 좋았거든요. 하지만 나이가 차니 집에서도 더 이상 그냥 내버려 두지 않았어요. 혼사 이야기가 슬슬 나오기 시작했어요. 결단이 필요한 시기가 된 거죠. 그러던 차에 초정 선생님께서 이곳으로 유배를 오신다는 소문을 들었어요. 유배 오신 분에게는 미안한 이야기지만, 정조 임금 밑에서 검서관까지 지낸 분이 오신다니 저는 대단한 기회라고 생각했어요. 그래서 무조건 초정 선생님을 찾아왔어요. 선생님은 흔쾌히 저를 문생으로 받아 주셨어요."

"부모님이 허락하시던가요?"

"부모님은 일찍 돌아가셨어요. 외삼촌 댁에서 살았는데, 외삼촌은 저를 이름도 모르는 중늙은이에게 소실로 팔아넘길 생각을 했더군요. 제가 집을 나온 뒤 여기까지 쫓아와 저를 데려가려 했지만 초정 선생님께서 한마디 하시자 도망치더군요. 선생님께서 어찌나 말씀을 잘하시던지 팔척장신인 외삼촌이 한마디도 대꾸를 못 했다니까요."

지문은 머릿속으로 사태를 정리해 보았다. 연수는 소실이 아니라 문생이었다. 여자를 문생으로 들이다니, 과연 박제가다웠다. 조선 천지에 그가 아니면 꿈에도 생각하지 못했을 일이었다.

그런 박제가에게 지문이 어떻게 보였겠는가. 지문이 사람들이 하는 말만 듣고 소실 어쩌고 하자 보기 좋게 혼쭐을 냈던 것이리라.

지문은 얼굴을 들지 못할 정도로 부끄러웠다. 문을 닫았지만 건넌방에서 박제가 낄낄거리는 소리는 계속해서 들려오는 것 같았다.

곰곰 생각해 보면 박제가 문제가 아니었다. 박제가는 분명 오늘의 일을 상세히 적어 연암에게 알릴 것이 분명했다. 지문은 갑자기 속이 메스꺼워졌다.

당장 이 방에서 나가 박제가에게 빌어야 했다. 두 손이 닳도록 싹싹 빌어 용서를 구하고, 무슨 일이 있어도 연암에게 전하지 않겠다는 약속을 받아내야 했다.

지문은 일어서서 연수에게 고개를 꾸벅 숙였다. 지문이 밖으로 나가려 문고리를 잡자 연수가 말렸다.

"지금 이대로 나가면 선생님께 지게 돼요."

"…."

"오늘은 그냥 여기에 계세요."

"그래도…."

"같이 이야기나 하죠. 특별한 이야기가 없다면 아까 연암 선생님께서 내셨던 문제에 대해 말해도 좋고요."

문제에 대한 말을 듣자 지문은 온몸에서 힘이 빠져나가는 듯했다. 서 있을 기운조차 없었다.

지문은 잠시 어떻게 해야 할까 망설이다가 연수와 거리를 두고 바닥에 앉았다.

"저는 아직 별다른 생각을 하지 못했습니다. 혹시 생각한 게 있나요?"

"그런 건 없어요. 저 같은 촌것이 알 리가 없지요."

"그렇게 말할 것까지야…."

"촌것이 촌것이라고 말하는 건데요, 뭐."

연수는 참으로 성격이 싹싹하고 시원했다. 그럼에도 지문은 가슴에 큰 돌을 올려놓은 듯 답답했다. 제대로 된 글을 쓰지 못한 채 연암에게 돌아갈 수는 없었다. 그렇다고 좋은 생각이 날 때까지 무작정 여기서 머물 수도 없는 노릇이었다. 진퇴양난이 따로 없었다.

연암은 왜 다른 선생들처럼 평범하게 가르치지 않는 것일까? 가르치기 싫은 사람마냥 선문답을 늘어놓으며 자리를 피하다가 갑자기 엉뚱한 문제를 던져 제자를 괴롭히는 심보는 아무리 좋게 생각하려 해도 이해가 되질 않았다. 지문은 자기도 모르게 푸념을 늘어놓았다.

"연암 선생님은 참 이상한 분입니다."

"어떤 면에서요?"

"뭘 가르쳐 주는 건 없고 매번 질문만 던지십니다. 여태 그게 다였어요."

"초정 선생님과는 딴판이네요. 선생님은 쉬지 않고 말씀을 하세요. 식사를 하시다가도 좋은 생각이 떠오르면 참지 못하고 곧바로 말씀을 하세요. 그 바람에 밥알이 사방으로 튀기도 하지요."

"두 분은 참 비슷하면서도 다르군요."

"그러게요."

"어서 두 분이 다시 만나셔야 할 텐데…."

"곧 그렇게 되겠지요. 아, 이건 어때요?"

연수의 얼굴이 일순 밝아졌다가 다시 어두워졌다. 지문이 짐짓 궁금하여 말했다.

"뭔데요?"

"아니에요. 별 도움 안 되는 이야기예요."

"괜찮습니다."

"그럼 부끄러움을 무릅쓰고 말할게요. 일전에 선생님께서 무슨 이야기 끝에 공명선 이야기를 하셨어요."

"증자의 제자였던 공명선 말입니까?"

"네. 그날따라 선생님께서 입에 침이 마르도록 공명선을 칭찬하시더군요. 공명선이야말로 글을 잘 읽었던 사람이라 하셨어요. 공명선이 증자의 제자가 된 지 세 해 동안 책은 한 자도 읽지 않았다는 사실은 잘 알지요? 그럼에도 선생님은 공명선이…."

"잠깐만요."

"예?"

지문은 그 순간 햇빛에 비친 붉은 까마귀를 보았을 때처럼 무언가를 깨달았다. 지문은 연수에게 지필묵을 달라고 부탁했다. 연수가 그것들을 가져다주자 지문은 곧바로 글을 쓰기 시작했다. 연수는 말없이 지문이 글을 쓰는 것을 지켜보았다. 연수의 얼굴에 알 수 없는 웃음이 떠올랐다.

지문이 글을 다 마치기를 기다렸다가 연수가 입을 열었다.

"제가 도움이 되었지요?"

"예, 큰 도움을 주었습니다."

"기분 좋네요."

"저기, 그런데…."

"말하세요."

"오늘 일은 비밀로 해 주었으면 합니다."

"네?"

"부탁드립니다. 연암 선생님께서 워낙 까다로운 분이시라…."

연수는 입술을 굳게 닫고 잠시 망설이는 듯했지만 곧 평소의 표정을 되찾고 대답했다.

"걱정하지 마세요. 훌륭한 글을 보았으니 저는 그것으로 충분합니다."

"그렇게 생각해 주니 고맙습니다. 그럼, 저는 이만 나가 보겠습니다."

"그래요. 더 지체했다가는 선생님께서 문을 열고 쳐들어오실지도 몰라요."

"아침이 기대가 되네요."

지문은 연수에게 인사를 한 뒤 문을 열고 밖으로 나왔다. 달빛도 별빛도 약한 어두운 밤이었다. 차가운 밤바람이 지문을 에워쌌다. 멀리서 늑대 울음소리가 들려왔다. 비로소 지문은 멀고 먼 북관에 와 있음을 자각했다.

지문은 돌아서서 연수의 방을 쳐다보았다. 어느새 불이 꺼져 있었다. 지문은 자기도 모르게 한숨을 내쉬었다.

명문장가
한신

옛사람 중에 글을 잘 읽은 이가 있었으니 바로 공명선이요, 옛사람 중에 글을 잘 지은 이가 있었으니 바로 회음후(회음 땅의 제후) 한신이다. 그것이 무슨 말인가?

공명선이 증자에게 배울 때 삼 년 동안이나 책을 읽지 않기에 증자가 그 까닭을 물었더니 공명선이 다음과 같이 대답했다.

"제가 선생님께서 집에 계실 때나 손님을 응접하실 때나 조정에 계실 때를 보면서 그 처신을 배우려 하였으나 아직 제대로 배우지 못했습니다. 제가 어찌 감히 아무것도 배우지 않으면서 선생님의 문하에 머물러 있겠습니까."

병법에 물을 등지고 진을 치는 배수진은 나와 있지 않다. 여러 장수들이 불복할 것은 당연한 일이다. 그런데 회음후는 이렇게 말했다.

　"이것은 병법에 나와 있는데 단지 그대들이 제대로 살피지 못했을 뿐이다. 병법에 '죽을 땅에 놓인 뒤라야 살아난다.'고 나와 있지 않던가."[6]

　박제가는 간밤에 지문이 쓴 글을 읽고 큰 숨을 내쉬었다. 그러더니 느닷없이 연수에게 물었다.

　"어젯밤은 즐겁게 보냈느냐?"

　"부끄럽습니다."

　"부끄럽다? 그럼 자네는 어땠는가?"

　"선생님께서 베풀어 주신 후의는 잊지 않고 기억했다가 언젠가 반드시 갚겠습니다."

　박제가의 얼굴이 굳어졌다. 연수는 묵묵히 서 있었다. 난처한 것은 지문이었다. 박제가가 했던 말은 아무래도 진심이 아니었던 모양이다. 지문은 서둘러 사태를 수습하려 했다.

　"간밤에는 아무 일도 없었습니다. 그저 이야기만 나누었습니다."

　"이야기라⋯."

　그래도 박제가의 얼굴이 풀어지지 않자 이제 연수도 나서서 거들었다.

　"사실입니다. 아무 일도 없었습니다. 간밤 일은 용서해 드리겠습니다만 한 번만 더 그러시면 사제 간의 연을 끊을 것이니 그리 아십시오."

"그건 내가 할 말이다."

"네?"

"허허, 답답한지고. 남정네를 제 방에 밀어 넣은 스승이 밉다고 스승이 한 말을 이 청년에게 들려주었단 말이냐?"

"그게 아니라⋯."

"그게 아니면, 이 청년의 글에서 어떻게 공명선 이야기가 나온단 말이냐?"

박제가가 예기치 않게 다그치는 바람에 연수는 입을 다물었다. 지문이 나서서 해명했다.

"죄송합니다. 제가 미리 사실대로 밝혔어야 했는데 그러질 못했습니다."

"자네는 또 뭐가 죄송하다는 말인가?"

"그게⋯ 공명선을 논한 게⋯."

"그것이 뭐가 잘못되었다는 말이냐?"

"네?"

"자네는 잘못한 것이 없네. 남의 이야기에서 뜻을 얻어 좋은 글을 썼으니 칭찬받아 마땅하네. 잠시도 머릿속에서 글을 내려놓지 않았다는 증거지. 게다가 자네의 글은 매우 훌륭하네. 공명선을 통해 글 잘 쓰는 한신을 떠올린 것도 대단한 재주일세. 자네의 글은 흠잡을 것이 하나도 없네."

"그러하시면….'

"아직도 모르겠는가? 나는 지금 연수를 책망하는 중일세. 연수는 연암이 낸 문제를 듣자마자 공명선을 떠올렸을 것이네. 그랬으면 그것을 글로 썼어야지 왜 남에게 알려 줘? 연수 너는 어찌 그리 글 욕심이 없단 말이냐?"

지문은 그제야 박제가의 속내를 알아차렸다. 박제가는 제자인 연수를 진심으로 아끼는 것이었다. 박제가는 타고난 성품상 따뜻하게 말할 줄 모르는 사람이었다. 좋은 말도 그의 입을 통하면 거칠어졌다. 하지만 그 험악함 속에는 지극한 정이 담겨 있었다.

연수가 입을 가리고 웃었다. 보고 있는 이마저 기분 좋게 만드는 부드럽고 따뜻한 웃음이었다.

'아버지가 연수를 보았다면 과연 뭐라고 했을까?'

아버지는 지문의 혼사를 서두르지 않았다. 제대로 된 여자를 만나지 못할 바에는 혼자 사는 것도 도리에 어긋나지 않는다는 말도 서슴지 않았다. 지문이 보기에 연수는 아버지가 말하는 '제대로 된 여자'였다. 양반도 아닌 양민에다가 의지가지 없는 처지는 한심했지만, 품고 있는 뜻이나 생각은 지문이나 박제가 못지않았다.

그렇게 생각하고 보니 연수의 각진 얼굴과 거친 피부가 더 이상 흉이 되지 않았다. 하지만 걱정도 있었다. 그러면 초희는 어쩐다?

지문은 속으로 피식 웃었다. 떡 줄 사람은 생각지도 않는데 혼자서 이 떡 저 떡을 저울질하며 침을 질질 흘리고 있는 꼴이라니. 지문은 고개를 가로저어 머릿속에 들어앉은 생각들을 지웠다. 지금은 연암이 내는 문제들을 하나하나 해결하기에도 벅찼다.

"무슨 생각을 그리 골똘히 하느냐?"

"아닙니다."

박제가가 지문을 뚫어져라 쳐다보았다. 잠시 후 깊은 한숨을 내쉬며 말했다.

"볼수록 신기할세."

"무슨 말씀이십니까?"

"자네는 꼭 형암을 닮았어."

"형암이라 하시면 이덕무 선생님 말씀이십니까?"

"큰 키에 마른 몸매도 꼭 닮았고, 글 잘하는 것도 그렇고."

이덕무와 닮았다니, 이보다 더한 칭찬이 어디 있겠는가. 사람들은 박학다식하기로는 조선 천지에서 이덕무 이상 가는 사람이 없다고 입을 모아 말했다. 서얼이면서도 행동거지는 양반보다 바르다고 칭찬했다. 그런 이덕무와 닮았다고 하니 지문은 더없이 기뻤다. 다른 사람도 아닌 이덕무의 둘도 없는 벗이었던 박제가가 그렇게 말했으니 믿을 만하지 않겠는가.

이덕무는 구 년 전에 세상을 떠났다. 그때 연암은 누군가에게 보내는 편지에서 박제가가 벗을 잃고 슬퍼하는 심정을 묘사했다. 그 글이 《연암선집》에 수록되어 있어 지문도 본 적이 있었다.

연암은 박제가의 마음을 묘사하면서 우우량량踽踽凉凉이라고 썼다. 우우량량은 원래 홀로 터벅터벅 길을 걸어가는 모습을 형용하는 말이다. 지문은 아내에 이어 벗마저 잃은 박제가의 지극한 슬픔을 표현하는 데 그보다 적당한 비유는 없으리라 생각했다.

지문은 턱없이 과한 칭찬에 고개를 숙여 감사를 표했다.

"그래, 자네는 몇 자나 아는가?"

박제가의 질문에 이번만큼은 지문이 자신 있게 대답했다.

"석 자 정도 압니다."

"흐흠, 이번 문제로 무슨 자를 배웠는가?"

"변할 '변變' 자 정도를 겨우 알게 된 듯싶습니다."

"그렇네. 의고주의자擬古主義者(고대의 것을 표본으로 삼아 모방해야 한다고 주장하는 사람)들의 폐단이 임시변통으로 전통을 답습하는 데 있으니, '변'이라 함은 지금 현실에 맞게 대응하는 능력을 의미하는 것일세. 옛것을 모범으로 삼되 변통할 줄 알아야 한다는 뜻이지. 바로 '법고이지변法古而知變'의 이치인 것이야. 알겠나?"

"네."

"또 하나, 더불어 이것도 잊어서는 안 되네. 변통하되 법도를 지켜야 한다는 것, 바로 '창신이능전創新而能典'의 이치야. 연암이 자네를 나에게 보낸 데는 이 이치를 깨달으라는 뜻이 더 클지 모르겠네."

"무슨 말씀이십니까?"

"연암이 늘 내게 당부한 것이 하나 있었네. 옛글의 격식에 얽매이지 않는 것은 좋으나 너무 새것만 추구한 나머지 가끔 황당한 길로 가는 경향이 있으니 조심하라고 말이야. '전典'이라 함은 현실에 대응하여 얼마든지 변화할 수 있지만 바른 기준이 있어야 한다는 뜻이지. 지금 생각하면 내게 꼭 필요한 충고였네. 그 충고를 듣지 않았기 때문에 결국 이 꼴로 살고 있는 게야. 자네는 나를 반면교사 삼아 조심하게."

"잘 알겠습니다."

"말이 나온 김에 하나만 더 이야기하지. 연암의 가르침과 더불어 명심하면 좋을 게야. 내가 읊을 테니 한번 들어 보게."

박제가가 으흠 하고 목청을 가다듬어 바닥에 가래침을 내뱉었다. 지문은 슬쩍 고개를 돌렸지만 당사자인 박제가도, 옆에 있던 연수도 아무렇지 않은 듯 전혀 신경 쓰지 않았다. 지문만 머쓱해하며 박제가가 글을 읊기만을 기다렸다.

글이 잘되고 못되고는 내게 달려 있고, 비방과 칭찬은 남에게 달려 있는 것이니, 비유하자면 귀가 울리고 코를 고는 것과 같다.

한 아이가 뜰에서 놀다가 제 귀가 갑자기 울리자 놀라서 입을 다물지 못한 채 기뻐하며 가만히 이웃집 아이더러 말하기를, "너 이 소리 좀 들어 봐라. 내 귀에서 앵앵하며 피리 불고 생황 부는 소리가 나는데 별같이 동글동글하다!" 하였다. 이웃집 아이가 귀를 맞대어 들어 보려 애썼으나 끝내 아무 소리도 듣지 못했다. 그러자 아이는 안타깝게 소리치며 남이 몰라주는 것을 한스러워했다.

일찍이 한 촌사람과 동숙한 적이 있다. 그 사람은 어찌나 우람하게 코를 고는지 그 소리가 마치 토하는 듯도 하고, 휘파람을 부는 듯도 하고, 한탄하는 듯도 하고, 숨을 크게 내쉬는 듯도 하고, 후후 불을 부는 듯도 하고, 솥에서 물이 끓는 듯도 하고, 빈 수레가 덜커덩거리며 구르는 듯도 했으며, 들이쉴 땐 톱질하는 듯하고 내뿜을 땐 씩씩대는 것이 마치 돼지 같았다. 그러다가 남이 일깨워 주자 그는 "난 그런 일 없소." 하며 발끈 성을 내었다.

아, 자기만 홀로 아는 사람은 남이 몰라줄 것을 항상 근심하고, 자기가 깨닫지 못한 사람은 남이 먼저 깨닫는 것을 싫어하나니, 어찌 코와 귀에만 이런 병이 있겠는가. 문장에도 병이 있으니, 더욱 심하다. 귀가 울리는 것은 병인데도 남이 몰라줄까 봐 걱정하는데, 하물며 병이 아닌 것이야 말해 무엇 하겠는가. 코 고는 것은 병이 아닌데도 남이 일깨워 주면 성을 내는데, 하물며 병이야 말해 무엇 하겠는가.[7]

"무슨 의미인지 알겠느냐?"

"글쎄요…."

"그럼 잘 들거라. 귀가 울리는 이명은 당사자만 알 수 있다. 하지만 코골이는 어떠한가?"

"당사자는 모르고 다른 사람만 압니다."

"이명을 가진 이나 코를 고는 이나 답답하기는 매한가지다. 문장도 마찬가지지. 열심히 썼는데 아무도 몰라준다면 그것은 바로 귀가 울리는 자가 자기 입장만 생각해서 썼기 때문이고, 자기 글을 남들이 이러쿵저러쿵 비평하는데도 이해하지 못한다면 그것은 무슨 소리인 줄도 모르고 글을 썼기 때문이지. 그렇다면 귀가 울리고 코를 고는 병폐를 깨달으려면 어떻게 해야 하겠느냐?"

"자신의 글에 대해 정확히 알아야 합니다."

"옳거니. 글을 아무리 잘 썼다 해도 그 뜻이 제대로 전달되지 않으면 의미가 없어. 글을 쓸 때는 내 생각을 다른 이에게 전달할 수 있어야 하네. 법고창신의 정신이 중요한 까닭도 바로 그 때문이야. 알겠나?"

"네."

지문은 박제가의 집에서 사흘을 더 머물렀다. 사흘 내내 한 일이라고는 박제가와 술을 마신 것밖에 없었다. 내심 연수와 이야기를 나누고 싶었지만 마음만 그러할 뿐 행하지는 못했다. 막상 다가서려다가도 초희가 생각나 주춤하곤 했다. 그렇듯 답답하게 지낼 바에야 차라리 돌아가는 것이 나을 터였다.

지문이 그만 돌아가겠다고 하자 박제가도 붙잡지 않았다. 하직 인사를 올리려는데 박제가가 웃으며 말했다.

"아직 다 끝난 것이 아니네."

"네?"

"연암이 부탁한 문제가 하나 더 있어."

산 넘어 산이었다. 지문을 여기까지 보낸 이유가 더욱 분명해졌다. 연암은 박제가까지 동원해 지문을 시험하고 있었던 것이다.

"자네가 하는 것을 보니 웬만한 문제를 내서는 안 되겠더군. 그래서 좀 까다로운 것으로 준비했네. 알겠나?"

"…"

"잘 듣게. 이는 살에서 생기는가, 옷에서 생기는가?"

"네?"

"뭘 그리 놀라나? 나는 그저 연암이 시키는 대로 했을 뿐이네. 그리고 이 편지 좀 부탁하이."

박제가는 연암에게 보내는 편지를 건넸다. 지문은 박제가에게 큰절을 올리고 자리에서 일어섰다.

"혹시 김중현이라는 자가 거기에 있는가?"

"예, 그렇습니다. 안면이 있으십니까?"

"아니, 그런 것은 아니고… 자네가 보기에 그는 어떤 사람인가?"

"저를 친동기처럼 살갑게 대합니다. 연암 선생님께도 깍듯하고요. 왜 그러시는지요?"

"아닐세. 아무것도 아니야. 먼 길을 가야 할 테니 서둘러 떠나시게."

직선적인 박제가가 무슨 말인가를 숨기는 듯했다. 김조순이 왔을 때 중현이 취했던 행동들이 박제가의 반응과 겹쳤다. 그날 일을 생각하면 의심나는 것이 한두 가지가 아니었다. 그러나 무턱대고 의심할 수는 없었다. 따지고 보면 사연 하나쯤 없는 사람이 어디 있겠는가.

중현을 생각하다 보니 아버지가 기억에서 따라 나왔다. 내친김에 아버지 일도 확인하고 싶었다.

"혹시 김향서라는 분을 아십니까?"

지문은 박제가의 얼굴에 순간적으로 떠오른 당혹스러운

기운을 놓치지 않았다. 박제가는 지문을 이리저리 살피고 나서 대답했다.

"그러고 보니… 혹 김향서가 자네의 부친인가?"

"그렇습니다."

"어쩐지 낮이 익다 했더니. 얼굴선이 고운 것도 그렇고… 정말 닮았군."

"아버지가 형암 선생님께 무슨 잘못을 저지르셨는지 알고 싶습니다."

지문이 에두르지 않고 정확하게 묻자 박제가가 잠시 머뭇대다가 고개를 저으며 답을 피했다.

"내가 할 말이 아닌 듯하군."

"선생님."

"궁금하면 직접 확인하게나. 그건 자네가 아버지와 직접 담판을 지어야 할 문제인 것 같네."

역시 박제가였다. 중현에 대한 두루뭉술한 답과는 달리 아버지에 대한 태도는 명쾌했다.

아버지가 저지른 잘못은 아버지에게 직접 듣는 것이 마땅했다. 괜히 건드렸다가 깊은 심연에 있는 독초라도 건드리게 될까 봐 아직은 엄두가 나지 않았다. 그래도 언젠가는 해야 하리라. 아버지의 삶에 섞여 있는 그림자를 밝히는 것, 그것은 자식 된 자의 숙명일지 모른다.

지금은 오직 새로운 문제에만 몰두하자. 이는 살에서 생기는가, 옷에서 생기는가….

"자네가 꼭 내 제자 같아 잔소리 삼아 한마디만 더 하겠네. 기왕 시작했으니 붓 끝을 도끼 삼아 거짓된 것들을 찍어 버릴 각오로 글을 쓰게나. 알겠나?"

"네."

"혹 썩어 빠진 과거 따위를 볼 요량은 아니겠지?"

"아, 아닙니다."

"자네의 능력을 그런 허튼 일에 쓰지는 말게."

연수도 지문에게 인사를 건넸다. 연수는 무슨 말인가를 하려다 말고 고개를 푹 숙였다. 지문도 좋은 말이 떠오르지 않아 고개만 꾸벅 숙이고 말았다.

체한 사람처럼 속이 답답했다. 지금은 그 까닭을 생각하지 않기로 했다. 연암협까지는 길이 멀었다.

스승이라는
책을 읽는 법

종채는 책을 한 켠으로 밀었다. 얼굴색이 어두웠다. 중현을 처음 보았을 때가 생각났다. 왠지 중현은 첫인상부터 마음에 들지 않았다. 다시는 중현의 일을 떠올리고 싶지 않았다.

종채는 아버지의 유고를 뒤적였다. 지문이 '명문장가 한신'에 대해 쓴 글은 아버지가 쓴 《초정집》 서문의 일부였다. 새삼스러울 것도 없었다. 아무래도 세간에 떠도는 소문은 사실인 듯했다. 소문을 부인하기에는 책에 소개된 정황이 너무도 그럴싸했다.

그러나 아직 책은 끝나지 않았다. 섣불리 결론을 내려서는 안 되었다. 무엇보다도 아버지의 전 삶을 뒤집을 수 있는 중차대한 일이었다. 모든 것이 명확해질 때까지는 신중에 신중을 기해야 하리라.

벌써 해가 뉘엿뉘엿 지고 있었다. 배가 고팠지만 여기서 멈출 수는 없었다. 종채는 청지기를 불러 저녁도 거르겠다고 미리 말했다.

청지기가 사라진 지 얼마 안 되어 아내가 들어왔다. 아내는 걱정스러운 눈빛으로 종채를 바라보았다. 종채는 말없이 나가라는 손짓만 보냈다. 아내는 오늘 저녁이고 내일 아침이고 한바탕 퍼부을 듯 잔뜩 벼르는 얼굴을 하고 방을 나갔다.

평소 같으면 있을 수 없는 일이었지만 오늘은 달랐다. 아버지 유고의 진위 여부가 이 책에 달려 있었다.

종채는 다시 책을 읽기 전에 우선 붓을 들어 지금까지 이해한 내용을 정리했다.

| 글쓰기 비밀 **3** |

원칙을 따르되 적절하게 변통하라.
의중을 정확히 전달하라.

- -

독서란 책을 읽는 것이다. 그런데 증자의 제자인 공명선은 책을 읽는 대신 스승의 행동을 보고 배우는 길을 택했다. 결국 스승이란 책을 읽은 공명선은 넓은 의미의 독서를 한 셈이었다. 공명선이 택한 길이야말로 독서를 창조적으로 변통한 것이었다.

한신도 마찬가지였다. 배수진은 병법에서 금하는 것이다. 하지만 한신은 무턱대고 병법을 따르는 대신 병법의 참의미를 읽어 냈다. 이것 또한 창조적인 변통의 좋은 사례다.

글도 마찬가지리라. 남의 의견을 아무 생각 없이 답습해서는 좋은 글을 남길 수 없다.

종채는 아버지의 말 하나를 어렵사리 기억해 냈다.

"사마천과 반고가 다시 태어난다 해도 결코 그들을 배우지 않으리라."

사마천과 반고를 배우되, 지금 여기에 맞는 글을 써야 한다는 아버지의 다짐이 담겨 있는 말씀이었다는 것을 종채는 이제야 깨달았다.

이명과 코골이는 또 어떠한가. 자기만 알고 남들은 모르는 것이 이명이고, 자기만 모르고 남들은 다 아는 것이 코골이다. 둘 다 잘못된 것이다. 쓰는 사람이 자신의 의중을 읽는 사람에게 정확히 전달할 수 있을 때 비로소 좋은 글이라 할 수 있다. 그러기 위해서는 아집과 독선에서 벗어나 객관적인 근거를 제시하는 정밀한 글을 써야 한다.

종채는 붓을 놓고 아버지의 유고 더미를 쳐다보았다. 글쓰기의 법칙을 얻는 것은 좋지만 그로 말미암아 아버지의 글들이 미궁으로 빠지는 것은 바라지 않는다. 과연 저 글들의 운명은 어떻게 될까. 종채는 마음이 무거웠다.

기다림

이는 살에서 생기는가,
옷에서 생기는가

　지문은 밤이 깊어서야 고반당에 닿았다. 연암은 구라철사금을 앞에 놓은 채 정자에 혼자 앉아 술을 마시고 있었다. 지문은 오랜만에 스승을 만나자 반가움이 일었다.

　지문이 다가가 인사를 하려다 말고 멈춰 섰다. 연암이 평소와 다름없이 술을 마시는가 했더니 그게 아니었다. 마치 상대가 있는 듯 손을 내밀어 권했다 마셨다 하는데, 그 모습이 과히 수상했다.

　지문이 좀 더 가까이 다가섰지만 연암은 자신의 행위에 몰두한 듯 지문에게는 눈길도 주지 않았다. 지문이 인기척을 내자 연암은 그제야 고개를 들어 지문을 쳐다보았다. 등불에 얼굴이 비쳤다. 이마의 주름이 유난히도 선명하게 드러났다. 지문이 자리를 비운 며칠 사이에 연암은 몇 년 세월을 한꺼번에

산 듯 보였다.

"잘 다녀왔느냐?"

"네."

"무슨 짓이냐고 묻고 싶겠지."

"…"

"간밤 꿈에 죽은 친구들을 보았다. 왜 자기들을 소홀하게 대접하느냐고 호통들을 치더구나. 깨어나 생각해 보니 정말 그랬어. 한동안 그들을 까맣게 잊고 살았던 게야. 어떻게 그럴 수 있었을까. 그래서 미안한 마음에 뒤늦게나마 차려놓고 대접하는 중이었다."

연암이 술잔을 내려놓고 이번에는 뒤편 언덕을 향해 절을 했다. 그리고 시를 한 수 읊었다.

우리 형님 얼굴 수염

누구를 닮았던고.

돌아가신 아버지가 생각날 때마다

우리 형님 쳐다봤지.

이제 형님 그리우면

어드메서 본단 말고

두건 쓰고 도포 입고 가서

냇물에 비친 나를 보아야겠네.[8]

시를 다 읊고 난 연암이 지문을 보며 말했다.

"형님과 형수님께 절을 한 것이야. 오늘은 왠지 그분들 생각도 떨칠 수가 없구나."

지문은 말없이 연암에게 절을 올린 다음 박제가의 편지를 건넸다. 벗의 편지를 받자 연암의 표정이 달라졌다. 빙긋이 미소 짓는가 했더니 이내 크게 웃음을 터뜨렸다. 그제야 지문은 안심이 되었다. 지문이 알던 본래의 연암으로 돌아온 듯했다.

"그래, 다 죽은 건 아니었어. 초정이 살아 있었어. 그래, 지문이 네가 초정의 문생을 범하려 했다는 게 사실이냐?"

"아, 아닙니다. 그건 사실과 다릅니다."

"괜찮다. 변명할 필요 없다. 초정이 잔꾀를 부려 사람을 속이려 든다는 것은 나도 이미 잘 알고 있다. 네가 보기 좋게 속아 넘어간 것을 보고 그 난쟁이가 박장대소했을 광경이 눈에 선하구나."

"부끄럽습니다."

"지문이 너는 네 행실에 더 주의를 기울여야 할 것이다. 앞으로 사람을 만나는 일이 잦아질 텐데 그렇듯 말과 행동을 쉽게 해서는 안 된다. 글 쓰는 이가 너무 가벼워서 걱정이야."

"명심하겠습니다."

"초정이 유배 생활을 하고 있는 것도 다 조심하지 않았기 때문이니라. 청나라 사람들과 편지를 주고받지 말고, 다른 사람들 앞에서 과격한 말을 삼가라고 그토록 일렀건만⋯. 그나저나 초정이 아주 재미있는 문제를 냈구나. 오는 동안 충분히 생각했겠지. 지필묵을 가져오랴?"

성미도 급하시긴. 먼 길을 숨 가쁘게 달려온 제자에게 당장 글을 써내라고 성화를 부리시다니. 지문은 과연 연암이라고 생각했다.

"쉽지 않은 문제라 아직 생각을 마치지 못했습니다."

"서둘렀으면 좋겠구나."

"알겠습니다."

"그만 가서 쉬어라."

연암은 서둘러 이야기를 마무리한 뒤 자리에서 일어났다. 그때였다. 지문은 연암의 얼굴에 고통이 스치는 것을 보았다. 순간 연암이 지문 쪽으로 쓰러졌다. 지문은 재빨리 연암의 거구를 부축했다. 만만치 않은 무게였다. 잠시 후에야 연암은 지문의 어깨를 받침 삼아 겨우 일어났다.

"괜찮으십니까?"

"아무것도 아니다. 조금 피곤했을 뿐이야."

"약이라도 드셔야 하지 않겠습니까?"

"중현이가 지어 오고 있을 게다. 지체하지 말고 어서 물러가거라. 글을 쓰려면 조금이라도 눈을 붙인 뒤 맑은 정신으로 생각을 정리해야 하지 않겠느냐.”

연암은 부축하려는 지문의 손을 뿌리치며 정자에서 내려섰다. 신발을 찾는 손가락이 생기를 잃은 나뭇가지처럼 흔들렸다. 둘의 시선이 마주쳤다. 연암이 나지막하게 말했다.

“연경에 갔을 때 점을 본 일이 있다. 그때 점쟁이가 한 말이 기억나는구나. 사마천과 같은 사주라고 했다. 까닭 없이 비방을 당하는 사주라는 게지. 아, 이 운명을 어찌해야 할꼬.”

차라리 혼잣말에 가까웠다. 연암은 지문을 보고 있었지만 마음은 천리 먼 곳에 있는 듯했다. 지문은 연암이 방으로 무사히 들어가는 것을 확인하고서야 고반당을 나왔다.

집으로 가는 내내 지문은 연암을 생각했다. 엄격하면서도 여유를 잃지 않던 평소와 달리 오늘밤 연암은 삶에 지치고 무기력한 노인이었다. 게다가 어딘지 모르게 서두르는 기색이 역력했다. 왜일까? 지문이 자리를 비운 며칠 동안 무슨 일이 있었던 것일까?

어디선가 중현의 새된 목소리가 들려왔다. 지문은 반가운 마음에 다가가려다가 낯선 사람들을 발견하고는 멈칫했다. 중현이 건장한 장정 두 명과 함께 있었다. 지문은 나무 뒤에 숨어 그들이 주고받는 말을 들으려 귀를 기울였다.

“조금만 더 시간을 주시오. 곧 영감을 구슬러 글을 쓰게 하겠소. 조금만 더 기다려 주시오.”

"이곳에 들어온 지 벌써 석 달이 지났는데 얼마나 더 시간을 달란 말인가?"

"곧 결말이 날 것이오."

"자네만 믿다가는 나까지 낭패를 보겠네. 그깟 노인 하나 얽어맬 방법은 수도 없이 많아. 그런데 왜 여태껏 결판을 못 내고 있는 게야?"

"마지막으로 부탁하오. 한 달만 더 말미를 주시오."

"알겠네. 자네 입으로 마지막이라고 했으니 이번 한 번만 더 두고 보겠네."

더 이상 말소리는 들리지 않았다. 낯선 사람들은 마을 쪽으로 사라졌다. 중현은 그들이 사라진 쪽을 바라보고 한숨을 내쉬었다. 어깨가 축 늘어져 있었다. 지문이 중현의 곁으로 가 어깨를 툭 쳤다.

"형님, 오랜만이오."

중현이 깜짝 놀라 들고 있던 약 첩을 떨어뜨렸다. 지문은 약 첩을 집어 중현에게 건네며 말을 이었다.

"무얼 그리 놀라시오? 구미호라도 보셨소?"

"구미호는 무슨. 언제 왔느냐?"

"조금 전에 도착해 선생님께 인사 여쭙고 집으로 돌아가는 길이오."

"선생님은 좀 어떠시더냐?"

"많이 피곤해 보이셨소. 그런 모습은 처음 뵈오."

"제동에서 자제분이 다녀갔다."

제동이라면 한양에 있는 연암의 본가일 터였다. 지난 석 달 간 여러 차례 사람이 다녀갔다. 물론 하인들이 옷가지며 음식 등을 가지고 왔을 뿐이었다. 큰일이 아니면 얼씬도 말라고 연암이 출입 금지령을 내린 까닭에 아들이 직접 다녀간 적은 한 번도 없었다. 그런데 아들이 다녀갔다면 분명 무슨 문제가 생 겼다는 뜻일 터였다. 지문은 중현의 표정을 살피며 물었다.

"무슨 일이 있었소?"

"이야기가 길다."

"어서 말해 주시오. 안 그래도 아까 선생님의 표정이 예사 롭지 않다 여겼소."

"때가 되면 알게 될 것이다."

"같은 문생끼리 왜 이러시오?"

"때를 기다리래도."

"알았소, 그만두시오. 대신 형님이 낯선 이들을 만나더라는 것은 선생님께 꼭 전하리다."

"그걸 보았단 말이냐?"

지문은 중현의 목소리가 가늘게 떨리고 있음을 알아차렸 다. 지문이 제대로 넘겨짚기는 한 모양이었다.

"조금 전에 형님이 누군가와 이야기를 하고 있는 걸 보았을 뿐이오."

"이야기도 들었느냐?"

"듣긴 무얼 들어요? 내가 양상군자라도 되는 줄 아시오? 남의 말을 엿듣는 쥐 같은 짓은 하지 않소."

중현이 손톱을 깨물었다. 무엇인가 켕기는 게 있는 것이다. 지문은 재빨리 머리를 굴렸다. 아직 중현의 혐의를 확실히 알지는 못했다. 제대로 밝히려면 시간이 필요하다. 괜히 닦달했다가는 중현이 아예 입을 닫을 수도 있었다. 지금은 구석에 몰린 중현에게 활로를 터 주는 편이 나았다.

"형님이 누구를 만나든 나와는 상관없지 않소? 나는 남의 일에는 눈 감고 귀 막는 걸 신조로 삼고 있소. 괜히 끼어 봐야 피곤하기만 하니까. 그나저나 선생님께는 무슨 일이 있었던 것이오?"

"선생님께는 모르는 척하고 있거라. 아무에게도 말하지 말라 하셨거든."

"알았소. 어서 말이나 해 보시오."

"그럼 너를 믿고 말하마. 혹시 유한준이라고 아느냐?"

"알다마다요. 형님이 자리를 비웠을 때 찾아왔던 사람 아니오? 손자인 돈환이라는 놈한테 억울하게 진 것만 생각하면 분해서 지금도 이가 갈리오."

"유한준이 선생님 조부의 묘를 훼손했다."

"뭐라고요? 어떻게 그런 일을?"

"선생님께서 얼마 전에 조부이신 장간공(박필균)의 묘를 포천으로 이장하신 일은 너도 알 것이다. 그런데 유한준이 자기 땅이라고 우기며 묘를 훼손했다는구나."

"어떻게 그럴 수가…."

"너도 알고 있을지 모르겠다만, 흔히 산변이라 하는데 양반들 사이에는 더러 있는 일이다."

중현은 너무도 덤덤하게 말했다. 중현의 말대로 산변은 드문 일은 아니었다. 하지만 유한준이 그런 일을 했다니, 믿어지지 않았다.

전날 지문도 유한준을 처음 보고 크게 실망하긴 했다. 과거 절친했던 지기에게 할 말 못 할 말 가리지 않고 입에 담기는 대로 마구 퍼부어 대는 모습이 보기에 좋지 않았다.

그런데 산변이라니. 이것은 아니었다. 이재에 눈이 먼 가짜 양반이라면 모를까 아름답고 힘 있는 문장을 쓰는 것을 평생의 업으로 여기며 사는 이가 그런 막된 짓을 하다니, 그래서는 안 되지 않는가.

중현이 그만 고개를 까딱해 보이고는 고반당으로 향했다. 지문은 자기도 모르게 중현을 뒤따르다가 걸음을 멈추었다. 연암은 박제가가 낸 문제에 맞는 글을 가능한 한 빨리 써 오라고 지시했다. 지금껏 연암은 한 번도 글쓰기에 시한을 두지 않았다. 혹시 연암협에서의 앞날을 짐작할 수 없기 때문이었을까.

유한준. 지문은 유한준이 참으로 원망스러웠다. 그러나 지금으로서는 딱히 대책이 없었다. 지문은 내키지 않는 발걸음을 돌려 집으로 향했다.

아버지는 오늘도 《서상기》를 읽고 있었다. 지문이 온 것을 보고 헛기침을 하며 책을 내려놓았지만 눈빛은 아직 소설의 세계 속에 머물고 있었다. 눈가에는 눈물도 묻어 있는 듯했다. 가끔 보면 자식보다 소설을 더 아끼는 듯도 여겨졌다.

아버지는 왜 그토록 소설에 몰두하는 것일까? 그러고 보니 지문은 지금껏 한 번도 아버지가 소설을 읽는 이유에 대해 깊이 생각해 본 적이 없었다. 왜 미처 아버지에게 그 까닭을 물어볼 생각을 하지 못했을까? 어쩌면 아버지가 범했다는 지난날의 잘못과 관련 있는지도 몰랐다. 그 대답은 오로지 아버지만 할 수 있었다. 지문은 속으로 한숨을 내쉬었다. 아버지는 시간이 흐를수록 점점 더 알 수 없는 암호 같은 존재로 여겨졌다.

지문은 아버지에게 절을 한 뒤 방으로 갔다. 뜨끈한 아랫목에 엉덩이를 대자 긴장한 탓에 느끼지 못했던 피로가 한꺼번에 몰려왔다. 아직 젊다고 하지만 종성까지 왕복하는 여정은 결코 쉬운 일이 아니었다.

그러나 이대로 잠을 청할 수는 없었다. 한시가 급했다. 생각해 보니 내일 아침 연암이 고반당에 머물고 있으리라고 장담할 수 있는 상황이 아니었다.

산변은 결코 작은 일이 아니다. 조상의 묘가 파헤쳐진 것이다. 관습에 얽매이기를 죽기보다 싫어하는 연암이지만 그냥 두고 볼 수 있는 문제가 아닌 것이다. 연암은 유한준을 상대로 송사를 벌여야 할 테고, 그러려면 연암협보다는 한양에 있는 것이 여러모로 유리했다.

지문은 괜히 억울하고 화가 났다. 연암에게 배운 지 벌써 석 달이 지났다. 연수에게 넋두리하기는 했지만 사실 지문은 어느덧 연암의 지도 방식에 익숙해져 있었다. 무심한 듯 툭툭 던지는 한 마디, 선문답 같은 문제를 곰곰 생각하다 보면 그 속에서 글쓰기의 비답을 발견할 수 있었다.

연암은 과연 대가였다. 아무것도 하지 않는 듯하면서도 지문의 부족한 부분을 너무도 적확히 지적해 주었다. 지문은 연암 덕분에 새로운 눈을 뜰 수 있었다. 연암이 아니었다면 평생토록 고전을 외우고 인용하고 베끼는 것을 글쓰기의 전부로 알고 살았을 터였다.

지문은 언젠가 자신이 반드시 새로운 글쓰기의 세계를 터득할 것임을 느낄 수 있었다. 하지만 아직은 아니었다. 그 세계는 창공을 나는 연처럼 지문의 머리 위에 떠 있었다. 연줄을 감아 연을 내려야 하는데 지문은 아직 얼레를 사용할 줄 몰랐다. 보이기는 하지만 잡아끌 수는 없는 상태였던 것이다.

'아직도 선생님께 배워야 할 것이 너무도 많은데 이대로 헤어질 수는 없어.'

지문은 고개를 저으며 마음을 다잡았다. 차근차근 해결하자. 우선은 박제가가 낸 문제에 맞는 글을 써야 했다. 그것을 해결하지 않고서는 앞으로 나아갈 수 없을 터였다. 지문은 마음을 가다듬고 문제에 집중했다.

'이는 살에서 생기는가, 옷에서 생기는가.'

이는 살에서 생긴다고 생각할 수 있었다. 분명 이는 살을 물어뜯고 사는 놈이다. 그러니 살에서 생기는 것이다. 옷을 벗어도 간지러운 것은 이가 살에서 생긴다는 증거가 아니겠는가.

아니다. 이는 옷에서 생긴다고 생각할 수 있었다. 벗어 놓은 옷에 이가 있다는 것은 이가 옷에서 생긴다는 결정적인 증거가 아니겠는가.

어쩌면 이는 옷과 살 모두에서 생기는 것이 아닐까. 그럴 수도 있었다. 하지만 그것이 과연 박제가가 의도한 답일까. 아닐 것이다. 박제가는 잘 벼린 칼날 같은 사람이었다. 그는 결코 이것도 옳고 저것도 옳다는 식의 두루뭉술한 답변을 원하지 않았을 것이다. 답변을 통해 글쓰기와 관련 있는 무엇인가를 확실히 드러내기를 바랐으리라.

지문은 머리를 박박 긁었다. 몸 안의 서캐들이 제 어미처럼 요동을 치며 지문을 비웃었다. 옷과 살, 살과 옷….

껄껄껄 웃는 박제가와 공명선처럼 그런 박제가의 행동을 하나도 놓치지 않고 있는 연수가 눈앞에 어른거렸다. 지문은 손을 뻗었다. 연수가 뒤를 돌아보고 웃었다. 지문도 따라 웃으려는 순간, 눈앞이 번쩍했다.

지문은 감았던 눈을 떴다. 깜빡 졸다가 벽에 머리를 부딪친 것이다. 아픈 내색을 할 수도 없었다. 지문 앞에 아버지가 서 있었기 때문이다.

"피곤해 보이는구나."

"죄송합니다."

"죄송하기는. 피곤하면 졸리는 게 당연하지. 그것이야말로 인간적인 정리 아니겠느냐."

그러고 보니 아버지와 얼굴을 마주한 지가 얼마나 되었는지 가물가물했다. 과거에는 지문이 의식적으로 그런 자리를 피하려 했고, 연암을 스승으로 모신 뒤로는 그러고 싶어도 글을 읽고 쓰는 데 몰두하느라 시간이 없었다.

지문은 아버지의 얼굴을 찬찬히 쳐다보았다. 어느덧 아버지는 지천명에 가까워져 있었다. 농부처럼 검고 건강해 보이는 아버지의 얼굴에도 잔주름이 하나둘 생겨난 것을 오늘에야 처음으로 알았다. 그 주름 속에는 지금까지 아버지가 느꼈던 기쁨과 회한들이 빠짐없이 들어 있을 터였다. 그 주름들을 끌어내 샅샅이 살펴보고 싶었다.

아버지가 자리에서 일어나 밖으로 나가려 했다. 지문이 아버지를 붙잡았다. 왠지 아버지를 그냥 보내서는 안 될 것 같았다.

"아버지."

아버지가 돌아보았다. 지문이 마른침을 삼켰다. 마음을 다잡기는 했지만 말을 꺼내기가 쉽지 않았다. 엉겁결에 박제가가 던진 문제 이야기가 나와 버렸다.

"초정 선생님께서 저에게 문제를 냈습니다."

"그래?"

"'이는 살에서 생기는가, 옷에서 생기는가' 하는 것입니다. 아무리 생각해도 도무지 실마리가 잡히지 않습니다."

"지금 나에게 도움을 청하는 게냐?"

"네. 도와주십시오."

아버지가 지문을 빤히 쳐다보았다. 오랜만에 부자의 시선이 서로 마주쳤다. 아버지의 눈길이 너무도 따스해 지문은 고개를 돌렸다. 강해져야 했다. 이제 와서 새삼 육친의 정에 지배당하고 싶지 않았다.

"초정다운 재미있는 문제로구나. 흐흠, 그 문제를 들으니 생각나는 게 하나 있다."

"말씀해 주십시오."

"백호 임제라는 문객이 있었다. 술을 좋아하는 당대 최고 의 풍류 시인이었지. 하루는 임제가 술에 잔뜩 취해 한쪽에는 나무 신을 다른 한쪽에는 가죽신을 신고 말에 올라탔다. 그걸 본 하인이 '나리, 취하셨나 봅니다. 신발이 짝짝이입니다.' 하 고 아뢰었단 말이지. 그랬더니 임제가 뭐라고 답했는지 아느 냐?"

"잘 모르겠습니다."

"길 오른쪽에서 보는 사람은 내가 나무 신을 신었다 할 것 이요, 길 왼쪽에서 보는 사람은 내가 가죽신을 신었다 할 것 이다. 그러니 내가 상관할 게 무어냐?'라고 했다더구나."

아버지는 웃음을 터뜨렸지만 지문은 따라 웃을 수가 없었 다. 재미있는 이야기였지만 담고 있는 의미는 매우 모호했다. 임제의 이야기가 박제가가 낸 문제와 관련이 있는 게 아닐까? 알 것도 같고 모를 것도 같았다.

왼쪽에서 본 사람은 임제가 오른쪽에도 가죽신을 신었다 생각할 테고, 오른쪽에서 본 사람은 임제가 왼쪽에도 나무 신 을 신었다 생각할 터이다. 하지만 두 사람 모두 틀렸다. 임제 는 신발을 짝짝이로 신었기 때문이다. 진실을 아는 사람은 임제뿐이다. 모호했다. 그것을 어떻게 설명해야 할까. 지문은 당혹스러웠다. 아버지가 그런 지문의 마음을 알아차렸다.

"지문아, 내 방에 가서 《선귤당농소》를 가져오거라. 보여 줄 게 있다."

《선귤당농소》는 이덕무가 지은 책으로 아버지가 평소에 즐겨 읽던 소품집이었다. 얼마 전까지만 해도 지문은 그런 가벼운 책을 읽는 아버지가 못마땅했지만 이제는 달랐다. 이 소품집 안에 박제가가 낸 문제를 해결할 수 있는 실마리가 있을지도 모른다는 생각이 자연스럽게 연결되었다.

아버지는 눈을 가늘게 뜨고 《선귤당농소》를 뒤적였다. 부지런히 책장을 넘기다 한 곳에서 손길이 멈추었다. 원하는 내용을 찾은 듯했다.

"그래, 여기 있구나. 지문아, 여기를 읽어 보거라."

지문은 아버지가 가리킨 구절을 큰 소리로 읽었다.

　　쇠똥구리는 스스로 쇠똥 굴리기를 즐겨하여 여룡(흑룡)의 여의주를 부러워하지 않는다. 따라서 여룡도 여의주를 가졌다는 것을 스스로 뽐내어 쇠똥구리가 쇠똥 굴리는 것을 비웃어서는 안 된다.

"아!"

지문이 짧게 탄식을 내뱉었다. 아버지가 빙그레 웃었다.

"조금 감이 잡히느냐?"

"진실에 관한 문제로군요. 거기에 새로운 시각. 조금 정리하면 답을 찾을 수 있을 것 같습니다."

"너절한 소품집도 가끔은 쓸모가 있구나."

"너절하다니요, 그런 말씀 마십시오."

"지문아."

"네."

"많이 달라졌구나."

지문은 긍정도 부정도 하지 않았다. 자신이 바뀌었다는 것은 이미 잘 알았지만 왠지 아버지 앞에서는 아직 그 사실을 인정하고 싶지 않았다.

아버지가 자리에서 일어났다. 밖으로 나가려다 말고 아버지가 한마디를 던졌다.

"나 같은 사람을 아버지로 둔 것이 편하지는 않지?"

"네?"

"시간이 나면《서상기》도 한번 읽어 보려무나."

아버지는 그대로 밖으로 나가 버렸다. 지문은 일어나 아버지를 배웅한 뒤 털썩 주저앉았다.

아버지와 아들. 운명적인 관계지만 잘 지내기란 쉽지 않다. 아버지와 지문 사이에는 보이지 않는 벽 같은 것이 항상 존재

했다. 뜻이 통하는가 싶었던 지금도 아버지는 소설을 말할 뿐이었다.

지문은 멍하니 아버지가 사라진 문을 보았다.

"아버지와 아들 사이…. 가만, 사이?"

지문은 벌떡 일어나 중현에게서 받은 《연암선집》을 뒤졌다. 있다.

> 어제 당신께서는 정자 위에서 난간을 배회하셨고, 저 역시 다리 곁에 말을 세우고 차마 떠나지 못했으니, 서로 간의 거리가 아마 한 마장쯤 되었을 거외다. 모르기는 해도 우리가 서로 바라본 것은 당신과 제가 있던 그 사이 어디쯤이 아닐까 하외다.[9]

지문은 주먹을 움켜쥐었다. 연암이 헤어진 벗에게 보낸 편지였다. 헤어짐의 아쉬움이 산뜻하게 표현되어 있었다.

하지만 무엇보다 지문은 이 편지에서 '사이'라는 단어에 주목했다. 그동안에는 들어오지 않던 그 단어가 이제야 눈에 들어왔다. 지문은 답에 가까웠음을 직감했다. 박제가가 연암을 호인이니 악인이니 하면서 들었다 놓았다 한 것도 사이의 의미를 알려 주기 위함이 아니었을까.

지문은 아버지가 했던 이야기를 되새겨 보았다. 임제 이야기의 핵심 역시 사이였다. 진실을 보려면 정면에서 보아야 한다. 정면이야말로 왼쪽도 오른쪽도 아닌 사이였다.

쇠똥과 여의주의 비유도 마찬가지다. 쇠똥구리에게 쇠똥이 소중하다면 여룡에게는 여의주가 소중하다. 더 중하고 더 비천한 것이 있는 게 아니었다. 그런 의미에서 쇠똥과 여의주의 가치는 그것들 자체에 있는 것이 아니라 둘 사이 어딘가에 있다고 볼 수 있었다.

두 사람의 헤어짐도 그러하다. 둘의 아쉬움은 그들이 떨어진 거리 어디쯤 자리하고 있을 터였다. 그 아쉬움은 둘에게 속하는 것이 아니라 둘 공통의 것이니까.

지문은 주먹으로 머리를 쳤다. 그랬다. 박제가가 의도한 답은 사이였던 것이다. 답은 이미 박제가의 말 속에 있었다.

지문은 붓을 잡았다. 벌써 해가 떠오르고 있었다. 시간이 별로 없었다. 연암이 떠나기 전에 글을 보여 주어야 했다.

지문은 정오 조금 못 미쳐 고반당에 닿았다. 짐작한 대로였다. 마당에는 연암이 타고 갈 가마가 놓여 있었고, 한양에서 하인 서너 명이 내려와 있었다. 얼마 되지 않지만 짐들도 깨끗이 정리되어 있었다. 연암은 도포를 걸치고 갓까지 쓰고 있었다. 지문이 처음 보는 연암의 모습이었다. 낯설었다.

연암은 지문을 발견하고 매우 반가워했다.

"그래, 글은 다 되었느냐?"

"네."

"중현아, 네가 크게 읽어 보거라."

지문은 밤새 쓴 글을 중현에게 건넸다. 중현이 새된 목소리로 지문의 글을 읽기 시작했다.

황희 정승이 조정에서 돌아오자 딸이 물었다.

"아버지, 이가 어디에서 생기나요? 옷에서 생기지요?"

"그럼."

딸이 웃으며 말했다.

"내가 이겼다!"

이번에는 며느리가 물었다.

"아버님, 이는 살에서 생기지요?"

"그럼."

며느리가 웃으며 말했다.

"아버님께서 제 말이 옳다고 하시네요!"

그러자 부인이 정승을 나무라며 말했다.

"누가 대감더러 지혜롭다 하는지 모르겠군요. 옳고 그름을 다투는데 양쪽 모두 옳다니요!"

황희 정승이 빙긋이 웃으며 말했다.

"둘 다 이리 와 보렴. 무릇 이는 살이 없으면 생길 수 없고, 옷이 없으면 붙어 있지 못하는 법이니, 이를 통해 보면 두 사람 말이 모두 옳은 게야. 그렇긴 하나 농 안의 옷에도 이는 있으며, 너희들이 옷을 벗고 있다 할지라도 가려움은 여전할 테니, 이로 보면 이란 놈은 땀내가 푹푹 찌는 살과 풀기가 물씬한 옷, 이 둘을 떠나 있는 것도 아니고, 꼭 이 둘에 붙어 있는 것도 아니거늘, 바로 살과 옷의 사이에서 생긴다고 해야겠지."[10]

연암은 고개를 끄덕였다.

"잘 해내리라 믿었다."

"송구스럽습니다."

"초정에게 법고창신의 묘에 대해서는 들었겠지?"

"네."

"사이는 법고나 법고창신과는 또 다른 경지니라. 사이의 묘를 깨닫게 되면 법고니 창신이니 하고 구분하는 것이 다 무의미하다는 것을 알게 된다. 양쪽의 중간, 이쪽저쪽을 꿰뚫는 사이의 묘를 깨닫지 못하고 쓴 글은 헛것이지. 사람 사이의 만남도 마찬가지니라. 사이의 묘를 알아야 사귐의 참의미가 깊어지는 것이다."

"명심하겠습니다."

"다만, 조심할 것이 있다. 내 말을 그저 양쪽의 입장을 모두

고려하라는 식의 역지사지 정도로 들어서는 안 되느니라. 보다 중요한 것은 양쪽의 입장을 고려해 무엇을 얻을 것인가 하는 것이다. 양쪽을 고려하되 반드시 새롭고 유용한 시각을 창출해 내야 한다. 그러기 위해서는 항상 내가 서 있는 자리와 사유의 틀을 깨고 나갈 준비가 되어 있어야 한다. 그것이 바로 초정이 낸 문제의 핵심이자 사이의 묘가 말하고자 하는 것이니라."

"알겠습니다."

"이로써 한 자를 더 익혔구나."

"네, 사이 간間 자를 비로소 알았습니다."

하늘을 보며 나지막이 웃던 연암이 지나가듯 밑도 끝도 없는 말을 던졌다.

"중현아, 탁탁하는 방망이 소리와 툭툭하는 다듬잇돌 소리, 어느 것이 먼저이겠느냐?"

중현이 멈칫거리자 연암이 이번에는 지문을 쳐다보았다. 지문은 잠시도 지체하지 않고 곧바로 대답했다.

"먼저와 나중이 따로 없습니다. 그 사이에 소리가 있을 뿐입니다."

연암이 지문을 보며 환하게 웃었다. 어린아이처럼 해맑은 웃음이었다.

"지문아, 조금만 기다리거라. 봄이 되기 전에 다시 오마."

"네, 선생님. 다만 한 가지 여쭤볼 것이 있습니다."

"무엇이냐?"

"혹시《서상기》를 읽어 보셨습니까?"

연암이 잠시 먼 하늘을 본 뒤에 대답했다.

"아버지가 즐겨 읽더냐?"

"네."

"한번 읽어 보는 것도 좋을 것이야."

연암이 가마에 오르자 행렬이 출발했다. 지문은 가마를 타고 가는 연암의 뒷모습을 오래 바라보았다. 왠지 처연하게 느껴졌다. 괜스레 눈물이 나려 했다.

고개를 들어 하늘을 올려다보았다. 연암을 처음 만났던 그날처럼 제비 두 마리가 공중을 맴돌고 있었다. 지문은 제비에게서 한참 동안 눈을 떼지 못했다.

의문

종채는 유고를 뒤져 글을 찾았다. 지문이 썼다고 되어 있는 글은 유득공의 작은아버지인 유금의 시집 《낭환집》에 실린 서문의 일부였다. 또한 지문의 아버지인 김향서가 말한 내용도 《낭환집》의 서문에 들어 있었다.

《낭환집》의 서문은 아버지의 문장관이 가장 잘 드러나 있는 글로 알려져 있었다. 이 글에는 지문의 글, 김향서의 이야기 말고도 세 개의 이야기가 더 들어 있다. 아버지를 헐뜯는 사람들과 칭찬하는 사람들은 드물게도 그 다섯 개의 이야기를 아버지의 독특한 사유 지점을 보여 주는 보기 드문 명문이라고 공통되게 평가했다. 그런데 지금 그 글조차 진위 여부를 의심해야 하는 지경에 이른 것이다.

'아버지가 살아 계실 때 자세히 물어보았더라면 좋았을 것

을….'

종채는 잠시 부질없는 회한에 잠겼으나 이내 고개를 저었다. 지금으로서는 다른 방법이 없었다. 책을 주고 간 자가 밤에 다시 오겠다고 했으니 그저 기다릴밖에.

종채는 다시 붓을 들었다.

관점과 관점 사이를 꿰뚫는 '사이'의 통합적 관점을 만들라.

글을 쓸 때는 사물의 다양한 측면을 짚고 넘어가야 한다. 각각의 측면에는 그 나름의 온당한 이유가 있다. 아무리 하찮아 보이는 것에도 제각기 합당한 이유가 있다. 그러므로 글을 쓸 때는 그런 측면들을 빠짐없이 다루어야 한다. 그래야 글을 읽는 사람이 편견에 빠지지 않고 의미를 온전하게 받아들일 수 있다.

그러나 거기에서 멈추어서는 안 된다. 여러 측면들을 늘어놓았으면 이제 그것들 사이를 꿰뚫는 새 관점을 만들어야 한다. 통합적인 관점을 만들라는 것이 산술적으로 종합적인 결론을 내리라는 뜻은 아니다. 대립되는 시각과 관점을 아우르면서도 둘 사이를 꿰뚫는 새로운 제3의 시각을 제시하는 것. 그것이 바로 통합의 논리다. 아버지는 그것을 사이라는 교묘한 말로 설명한 것이다.

종채는 붓을 놓고 자신이 쓴 글을 읽어 보았다. 고개가 갸웃거려졌다. 정리를 잘못한 것은 아니었다. 나름대로 잘했다. 그러나 어딘가 지문의 의도, 그러니까 아버지의 의도와 어긋나는 지점이 있는 것 같았다. 그게 무엇일까.

종채는 몇 장 앞으로 돌아가 아버지가 지문의 글에 대해 평한 내용을 다시 읽어 보았다.

사이는 법고나 법고창신과는 또 다른 경지니라. 사이의 묘를 깨닫게 되면 법고니 창신이니 하고 구분하는 것이 다 무의미하다는 것을 알게 된다. 양쪽의 중간, 이쪽저쪽을 꿰뚫는 사이의 묘를 깨닫지 못하고 쓴 글은 헛것이지….

종채는 주먹으로 서안을 쳤다. 얼마나 세게 내리쳤는지 하마터면 벼루에 갈아 놓은 먹물이 사방으로 튈 뻔했다. 종채는 일어나 방 안을 빙빙 돌며 중얼거렸다.

"이렇게 어리석을 수가…."

잠시 후에야 마음이 진정되었다. 종채는 다시 자리에 앉아 물을 한 모금 마셨다. 우선은 자괴감을 버리고 생각을 정리하는 것이 중요했다.

지금껏 종채는 이 책의 가르침을 낱낱의 것으로만 이해했다. 그러나 그것은 아버지의 가르침을 온전히 깨닫지 못했기 때문이었다.

아버지는 나름의 체계적인 구조하에 글쓰기를 가르치고 있었다. 아무도 따라갈 수 없는 매우 독창적인 구조였다.

종채는 붓을 들어 여태까지 썼던 내용을 모두 지웠다. 그리고 한참을 생각한 뒤 표를 하나 그리고 그 안에 비로소 깨달은 바를 써넣었다.

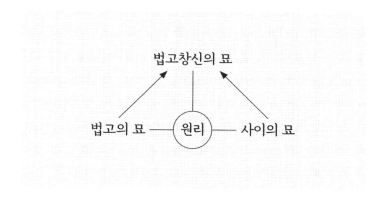

첫 번째 원리는 '법고의 묘'다. 그것은 처음 글을 쓰고자 할 때 명심해야 하는 원리일 것이다. 기초가 튼튼해야 앞으로 나아갈 수 있듯이 법고의 묘를 익히지 않으면 진전된 글쓰기를 할 수 없다. 책을 정밀하게 읽고 대상을 객관적인 입장에서 관찰하는 것은 법고의 묘를 익히기 위한 한 가지 방법이다.

두 번째 원리는 '법고창신의 묘'다. 법고의 묘를 익혔으면 다음으로 법고창신의 묘를 익혀야 한다. 법고창신은 법고, 즉 옛것을 그대로 따르는 것과 창신, 즉 새로운 것을 받아들이는 것의 조화를 의미한다. 옛것을 따르되 변화를 수용하고, 새것을 받아들이되 옛것의 법도를 지켜야 한다는 뜻이다. 그래야만 고루하지 않으면서도 참신한 글을 쓸 수 있다.

세 번째 원리는 '사이의 묘'다. 글쓰기 원리 중 가장 중요한 원리라 할 수 있다. 법고와 창신의 대립 및 조화는 다른 이들도 이야기한 적이 있다. 그러나 대립을 극복하는 방책으로 사이에 대해 주목한 이는 흔치 않다.

이가 옷과 살 사이에서 생기듯, 두 사람의 시선이 사이의 지점에서 교차하듯, 글도 법고와 창신 사이에 자리해야 한

다. 물론 어설픈 타협으로 만들어지는 중간 자리는 옳지
않다. 구별과 대립을 포섭하는 동시에 그 단계를 넘어서는
자리가 되어야 한다.

그랬을 때 비로소 양분의 논리에서는 드러나지 않는 새
로운 글쓰기가 시작된다. 그런 의미에서 사이는 법고와 창
신을 넘어서는 새로운 논리가 될 수 있다.

아버지는 글쓰기 단계가 법고에서 법고창신으로, 그리고
사이의 묘로 발전해가야 하는 것임을 말하고 있었다. 그러한
체계적인 글쓰기 이론은 종채가 한 번도 경험해 보지 못한 전
혀 새로운 것이었다. 그는 지금껏 글쓰기를 단순히 방법적으
로만 생각해 왔던 것이다.

새삼 아버지가 대단하게 여겨졌다. 그리고 아버지의 이론
을 하나도 빠뜨리지 않고 온전히 받아들인 지문 또한 대단한
내공의 소유자임을 다시 한번 깨달았다.

그때 순간적으로 종채의 머리를 스치는 의문이 하나 있었
다.

'혹시 이 책을 다른 이에게도 보낸 것은 아닐까?'

갑자기 불안이 엄습해 왔다. 지문이 이 책을 자기에게만 주

었으리라고 단정할 만한 근거가 없었다.

'아버지의 글이 사실은 자신의 글이라는 것을 알리기 위해 유명한 문사들에게도 책을 건네지 않았을까?'

생각이 꼬리에 꼬리를 물고 커져 갔지만 왠지 지문이 그랬을 것 같지는 않았다. 종채가 지문을 잘 알지는 못했지만 그렇게까지 일을 만들 사람은 아닐 듯했다.

지문이 일의 절차와 과정을 아는 사람이라면 우선은 종채에게만 책을 건넸을 것이다. 그런 다음 종채에게 해명을 들을 테고, 만약 해명이 미흡하다 싶으면 그때 가서 세상에 대고 연암의 글이 가짜였음을 알리려 할 것이다.

아무튼 지금은 지문의 깨달음에 감탄하고 있을 때가 아니었다. 종채는 책의 남은 양을 가늠해 보았다. 얼마 되지 않았다. 종채는 뻣뻣해진 목을 휘휘 돌리고 손가락으로 침침해진 눈을 누른 뒤 다시 책을 펴 책장을 넘겼다.

오지
않는 스승

긴 겨울이 지나고 깊은 계곡에도 더디게 봄이 왔다. 나뭇가지마다 연둣빛 싹이 돋았고, 성질 급한 개구리들이 한두 마리씩 튀어나왔다. 눈을 감으면 여기저기서 봄 냄새가 아릿하게 풍겨 왔다.

하지만 지문의 마음은 여전히 한겨울이었다. 봄은 왔건만 아무리 기다려도 오겠다던 연암이 돌아오지 않는 것이다. 게다가 지문이 보낸 편지들에도 답장이 없었다. 처음 한두 번은 그럴 수도 있겠다 싶었다. 하지만 편지를 계속 보내도 답이 없자 슬슬 마음이 초조해졌다.

지문은 연암과 함께 보낸 시절이 못 견디게 그리웠다. 연암과 다시 마주 앉아 이야기를 나누고 싶었다. 그것이 어렵다면 편지로나마 교감하고 싶었다. 혼자서 책을 읽고 생각하는 것도 나쁘지 않았지만 그것만으로는 연암의 빈자리를 채울 수 없었다. 의심과 회의, 그리움이 깊어질수록 지문은 연암과 자신의 사이가 흔들리고 있음을 느낄 수 있었다.

언제부턴가 책도 읽지 않고 글도 쓰지 않고 지내는 시간이 길어졌다. 차라리 한양으로 찾아가 볼까도 생각했다. 그러나 기다리라고 하지 않았던가. 책을 느리게 읽어야 하듯 그리움도 참고 참고 또 참아야 할 터였다.

그러나 지문 같은 청년에게 기다림은 결코 쉬운 일이 아니었다. 그러다 찾아낸 유일한 해결책은 광인처럼 눈이 벌겋게 충혈되도록 온 계곡을 누비는 것이었다.

아버지는 지문이 변하고 있음을 한눈에 알아보았다. 하루는 늦은 밤 아버지가 지문에게 말을 걸었다. 지문은 여느 날과 마찬가지로 하릴없이 계곡 이곳저곳을 헤매다 돌아와 방에서 쉬고 있는 참이었다.

"요즈음은 네가 책 읽는 모습을 통 볼 수가 없구나. 무슨 일 있느냐?"

"아무 일 없습니다."

"정녕 아무 일도 없단 말이냐?"

"실은… 선생님께서 오지 않으십니다. 분명 기다리라 하셨는데, 아무런 연락도 없습니다."

"역시 그랬구나."

"…."

"사정이 있으시겠지. 기다려 보거라."

"…."

"두려우냐? 연암이 너를 잊었을까 그것이 두려우냐?"

지문은 입술을 감쳐물었다. 아버지가 자신을 훨씬 더 잘 알고 있었다. 지문이 털어놓지 않은 속내까지도 아버지는 모두 읽고 있었다. 지문은 아무 말도 할 수 없었다.

"지문아, 정말 두려운 것은 그런 것이 아니다. 네가 진정 두려워해야 하는 것은, 바로 네가 스스로를 잊는 것이다."

지문은 아버지의 말을 전혀 이해할 수 없었다. 기억을 모조리 잃지 않고서야 어떻게 자기 스스로를 잊는 일이 가능하단 말인가.

"우스갯소리 하나 해 줄까. 포졸이 중놈을 포승줄로 묶어 끌고 가고 있었다. 중놈은 내내 도망갈 기회만 호시탐탐 노렸다. 그러다 주막에 들렀다. 중놈은 가진 돈을 탈탈 털어 포졸에게 술을 샀다. 포졸은 원래 술을 좋아하는 놈이라 마다하지 않고 마시다가 그만 뻗고 말았지. 중놈은 주모를 구슬려 포승줄을 푼 다음 포졸과 옷을 바꿔 입고 포졸의 머리를 밀어 버린 뒤 포승줄로 그를 묶어 버렸다. 세상모르고 자다가 아침에 깨어난 포졸은 뒤늦게야 간밤에 벌어진 사태를 확인했지만 어리둥절해할 뿐 아무 말도 못 했어. 한참 후에야 그가 입을 열었는데 뭐라고 했는지 짐작하겠느냐?"

"모르겠습니다."

"이상하다. 중놈은 여기에 있는데 도대체 나는 어디에 있는 걸까?"

지문은 웃지 않았다. 아버지도 웃지 않았다.

지문은 곰곰 이야기를 되씹어 보았다. 술 취한 포졸은 이야기에나 존재하는 바보 같은 놈이다. 아무리 멍청해도 자신을 잊는다는 게 말이 되는가. 자신의 존재가 몸뚱이와 정신 모두에 속하는 것임을 잊다니, 도무지 상상이 안 되었다. 지문은 그런 이야기를 하는 아버지의 진심을 헤아릴 수 없었다.

"지문아, 무슨 일이 있어도 너 자신을 잊어서는 안 된다."

아버지는 무슨 말인가를 더 하려다 말고 입을 굳게 닫았다. 지문이 다음 말을 기다리며 아버지를 빤히 쳐다보았지만 아버지는 그 시선을 피했다.

잠시 후에야 아버지는 한숨을 토하며 말을 이었다.

"예전에 내가 아주 큰 잘못을 저질렀다. 내가 나를 잊는 바람에 저지른 잘못이었어."

"무슨 일이 있었던 것입니까?"

"지문아, 아직은 내 입으로 말을 할 수가 없구나. 부끄럽게도 털어놓을 용기가 없다. 조금만, 조금만 더 기다려다오."

"…"

"아비의 전철을 밟지 마라. 그게 이 못난 아비가 네게 유일하게 바라는 것이다."

아버지는 그만 자리에서 일어났다.

아버지는 산이었다. 그 산에는 비밀들이 독사처럼 곳곳에 도사리고 있었다. 지문은 자신이 아버지에 대해 아는 것이 전혀 없음을 다시금 깨달았다.

온전히 이해하지도 못했고, 해결된 것도 없지만 그럼에도 지문은 아버지와 대화를 나눈 뒤 불안했던 마음이 조금 진정된 듯했다. 이제 그리움을 견딜 수 있을 것 같았다. 그 뒤로 지문은 틈날 때마다 고반당으로 가 쓸고 닦고, 책을 읽고 글을 쓰기 시작했다.

봄이 다 지나갈 무렵 두 사람이 지문을 찾아왔다. 그날도 지문은 정자에 앉아 계곡을 내려다보며 흐트러진 마음을 가다듬고 있었다.

"무얼 그리 깊게 생각하세요?"

여자 목소리였다. 지문은 깜짝 놀랐다. 순간적으로 붉은 까마귀를 보았던 전날의 기억이 머리를 스쳤다. 재빨리 고개를 돌려 목소리의 주인공을 확인했다.

초희가 아닌 연수였다. 그렇다고 크게 실망한 것은 아니었다. 뜻밖의 일이라 놀랐을 뿐이었다. 그러나 지문은 여자에 관한 한 풋내기였다. 여자에게 반가운 마음을 그대로 드러내 보이는 일에 익숙하지 않았다.

"오랜만입니다. 어쩐 일이십니까?"

지문이 너무 무덤덤하게 대답해 연수는 방금 전까지 환하게 웃고 있던 웃음을 거두었다. 지문은 곧바로 후회했지만 이미 늦었다.

"연암 선생님을 뵈러 왔습니다. 초정 선생님께서 편지를 전하라 하셨습니다."

연수의 말투가 조금 전과 사뭇 달랐다. 지문은 뭔가 대단히 잘못했음을 깨달았지만 딱히 손쓸 방법을 알지 못했다.

"선생님은 한양으로 돌아가셨습니다."

"그러셨군요. 그럼 이 편지를 어떻게 하지요?"

"저한테 맡기십시오. 다시 돌아오신다고 하셨으니 제가 간직했다가 그때 전해 드리겠습니다."

"그럴게요. 고맙습니다."

두 사람 사이에 긴 침묵이 흘렀다. 연수가 다시 말을 꺼내지 않았으면 어색한 분위기에서 헤어질 뻔했다.

"물 한 잔만 주세요."

"아, 그렇군요. 먼 길을 오셨는데. 미안합니다."

지문은 서둘러 대접에 물을 부어 내왔다. 연수는 천천히 물을 마셨다.

지문은 그제야 연수를 제대로 쳐다보았다. 지난가을에 보았던 모습과 사뭇 달랐다. 피부는 뽀얗게 변해 있었고 얼굴도 둥글어졌다. 몇 달 만에 여자의 얼굴이 이렇게 많이 바뀔 수 있음을 지문은 처음 알았다. 지금쯤 초희는 어떤 모습일까.

　연수가 대접을 건네며 말했다.

　"청할 것이 있습니다."

　"말씀하십시오."

　"초정 선생님께서 그때 내셨던 문제에 대한 답글을 가져오라 하셨습니다."

　"아, 그거요."

　지문은 책 안에 끼워 두었던 글들 사이에서 초정의 문제에 대한 답글을 찾아냈다. 연수가 그것을 받아들며 물었다.

　"제가 좀 읽어 봐도 될까요?"

　"부끄럽습니다."

　연암에게 글을 보이던 때와는 기분이 달랐다. 연암에게는 자랑스럽게 글을 내보였는데 지금은 마치 연서라도 보낸 사람처럼 정신이 산란했다.

　"멋진 글이네요. 초정 선생님께서 칭찬하실 만합니다."

　"초정 선생님께서 저를 칭찬하셨나요?"

　"그러셨어요. 저런 제자 하나 두었으면 소원이 없겠다고 하시더군요."

"그 말씀을 온전히 믿은 것은 아니겠지요? 초정 선생님께서 원래 농을 좋아하시지 않습니까."

"저도 그 정도는 압니다. 하지만 그쪽을 칭찬하시는 뜻도 분명히 있었습니다."

지문은 얼굴이 붉어지는 것을 느꼈다. 연암을 기다리느라 답답했던 마음이 한순간에 뻥 뚫리는 것 같았다.

연수가 지문 앞으로 종이 한 장을 내밀었다. 지문은 박제가가 보낸 편지일 거라 생각하고 그냥 받아두려 했다.

"펼쳐 보십시오."

"네?"

"제가 쓴 글입니다."

"왜 이것을 제게 주십니까?"

"우선 읽어 보십시오."

천하에서 가장 친밀한 벗으로는 곤궁할 때 사귄 벗이고, 우정의 깊이를 가장 잘 드러내는 것으로는 가난을 상의한 일을 꼽습니다. 아! 청운에 높이 오른 선비가 가난한 선비의 집을 수레 타고 찾은 일도 있고, 포의의 선비가 고관대작의 집을 소맷자락 끌며 드나든 일이 있기는 합니다. 하지만 그렇듯 절실하게 벗을 찾아다니지만 마음 맞는 친구를 얻기는 어려우니, 과연 그 이유가 무엇일까요?

벗이란 술잔을 건네며 도타운 정을 나누는 사람이나 손을 부여잡고 무릎을 가까이하여 앉은 자만을 의미하지는 않습니다. 말하고 싶은 것이 있어도 입 밖으로 꺼내지 않는 벗이 있고, 말하고 싶지 않은 것이 있으나 저도 모르게 입 밖으로 튀어나오는 벗이 있습니다. 이 두 부류의 벗에서 우정의 깊이를 짐작할 수 있습니다.[11]

과연 박제가의 제자구나 생각했다. 남자도 아닌 여자가 우정론을 쓰리라고는 미처 생각해 본 적이 없었다. 참신했다.

"훌륭한 글입니다. 이렇듯 문장이 훌륭할 줄 몰랐습니다. 전날 초정 선생님께서 서운해하신 까닭을 이해하겠습니다."

"과분한 말씀입니다."

"진심입니다. 힘이 느껴지는가 하면 물 흐르듯 자유롭기도 합니다."

"청이 하나 더 있습니다."

"말씀하십시오."

"편지를 주고받고 싶습니다."

"네?"

"오해하지는 마세요. 그러니까… 글에 대한 서로의 생각을 나누었으면 합니다. 외딴곳에 있다 보니…."

이번에는 연수가 얼굴을 붉혔다. 지문은 그 말뜻을 속으로 헤아렸다. 연수는 지문에게 문우의 역할을 부탁하고 있었다. 과연 그것뿐일까? 혹시 그 이상의 감정이 숨겨져 있는 것은 아닐까?

지문이 연수를 쳐다보았다. 어느새 얼굴색을 되찾은 연수도 지지 않고 지문을 쳐다보았다. 알 수 없었다. 내밀한 감정까지 헤아리기에는 지문은 아직 애송이였다.

지문이 대답했다.

"제가 바라던 바입니다."

연수의 얼굴이 환해졌다. 연수는 원하던 대답을 듣고 나자 그만 일어나 하직 인사를 했다. 지문은 마을 입구까지 연수를 배웅했다.

연수가 돌아간 뒤에도 지문의 심장은 평상시와 달리 가쁘게 뛰었다. 말하고 싶지 않은 것이 있어도 저도 모르게 입 밖으로 튀어나오는 벗. 그것은 혹시 지문을 두고 하는 말은 아니었을까? 대답할 수 없는 질문이었다.

지문은 고개를 저었다. 아니다. 상대를 택한다면 아무래도 연수보다는 초희였다. 연수가 싫은 것은 아니지만 왠지 자신에게 맞는 짝은 아닌 듯했다. 초희, 초희를 한 번만이라도 더 보았으면….

지문은 한양으로 가 김조순을 만나 볼까도 생각했다. 하지만 가슴 깊은 곳에서 들려오는, 지금은 아니라는 소리를 들었다. 한숨이 절로 나왔다. 지문은 계곡으로 가 얼굴을 씻었다. 봄볕에 달구어진 계곡물이 유난히 따뜻했다.

　연수가 다녀간 며칠 뒤 이번에는 중현이 지문을 찾아왔다. 거의 반년 만의 재회였다. 중현은 예전에 비해 부쩍 수척해져 있었다. 지문은 반가운 마음에 중현의 손을 덥석 거머잡았다.

　"형님, 정말로 오래간만입니다."

　"그래, 문장 공부는 잘 되어 가고 있느냐?"

　"혼자서 하려니 영 진전이 없소. 그나저나 선생님은 안녕하시오?"

　"아, 선생님? 잘 계시지, 잘 계시고말고."

　"혹시 내 이야기는 없으셨소?"

　"전혀 없으시던데. 지문이 너를 보러 가겠다고 말씀을 드렸는데도 아무런 말씀도 하지 않으시던걸."

　지문은 얼굴이 달아올랐다. 갑자기 자신이 한심하게 느껴졌다. 해가 바뀌어 나이를 한 살 더 먹고도 연암에게만 매달리다니. 다 자란 아이가 어미에게 젖 달라고 보채는 꼴이나 다름없었다.

　"그러셨군요."

　풀 죽은 지문을 보고 중현이 한바탕 웃음을 터뜨렸다. 지문이 눈살을 찌푸렸는데도 중현은 웃음을 그치지 못했다.

"형님, 왜 그러시오?"

"미안하다, 미안해. 그냥 농으로 한 말인데 네놈 얼굴이 너무 심각해서 웃음을 참지 못하겠다."

"농이라니요?"

"내가 여기 온 것은 연암 선생님께서 너에게 낸 문제를 전하기 위함이야."

"그게 정말입니까?"

"그래. 그나저나 네놈한테는 농지거리도 못 던지겠다. 사내 녀석이 어찌 그리 쉽게 안색을 바꾸느냐?"

"형님, 그 이야기는 그만하고 어서 선생님께서 뭐라고 말씀하셨는지나 전해 주시오. 선생님께서 무슨 문제를 주셨소?"

중현이 갑자기 주위를 살폈다. 아무도 없는 것을 확인한 뒤 속삭이듯 말했다.

"그것은… '독살된 임금에게'다."

"네?"

"돌아가신 정조 임금이 독살되었다는 것은 다들 쉬쉬하지만 세상이 다 아는 일 아니더냐."

"그렇지만…."

"내게 묻지 마라. 나는 선생님의 말을 전했을 뿐이다. 시한은 오늘 저녁까지다. 그럼 나는 계곡에 발 담그고 좀 쉴 터이니 마치는 대로 내게 오거라."

"편지 같은 것은 없소?"

"편지에 담을 내용이 아니지 않느냐."

중현이 계곡으로 내려간 뒤 지문은 자리에 털썩 주저앉고 말았다. 이해할 수 없었다. 이번 문제는 예전의 것들과는 달랐다. 예전의 문제들이 문제에 숨은 비밀을 하나씩 벗겨 핵심에 이르러서야 글을 쓸 수 있었다면, 이번 문제는 너무도 낯설었다. 게다가 대단히 위험할 수도 있었다.

지문도 저잣거리에 떠도는 정조의 독살설에 대해 알고 있었다. 하지만 어디까지나 떠도는 이야기일 뿐이었다. 임금의 장례까지 치러진 마당이다. 소문에 대한 사실 여부는 더 이상 확인할 수 없었다. 그런 이야기를 글로 남겼다가 혹여 관원들에게 들키기라도 하는 날에는 그야말로 경을 칠 터였다.

아니다. 꼭 그렇게 생각할 것은 없다. 다른 사람도 아닌 연암이 문제를 냈다면 분명 숨은 뜻이 있을 것이다. 단순히 사실에 대해 의견을 쓰라는 것이 아니라 지금껏 그래 왔듯 글쓰기의 비밀과 연관을 지으라는 것이리라. 임금의 죽음과 글쓰기와의 관계라, 생각할수록 머리가 아팠다.

지문은 오후 내내 생각에 생각을 거듭했다. 좀처럼 의미가 밝혀지지 않았다. 혹시나 싶어 전날 붉은 까마귀 문제를 해결할 때 썼던 방법을 따라 이리저리 계곡을 거닐었다.

지문은 계곡을 거닐다 한 지점에서 발걸음을 멈추었다. 연암을 처음 만났던 곳이었다. 《연암선집》을 읽으면 가만두지 않겠다던 연암의 말이 떠올라 피식 웃음이 나왔다. 그때가 사무치게 그리워졌다. 그리 오래전도 아닌데 마치 몇 년도 더 된 옛일처럼 아득하게 느껴졌다.

"아!"

갑자기 지문이 탄식을 뱉었다. 표정이 어두웠다.

지문은 심각한 얼굴로 고반당으로 돌아왔다. 그리고 자리에 앉아 붓을 들어 글을 쓰기 시작했다.

어느덧 해가 지려 하고 있었다. 중현이 기다리다 못해 먼저 지문을 찾아왔다.

"글은 다 되었나?"

지문이 중현을 쏘아보았다. 눈빛이 부담스러웠을까, 중현이 어깨를 으쓱해 보였다.

지문은 말없이 종이를 건넸다. 건넸다기보다는 던졌다는 표현이 더 적합하리만치 동작이 거칠었다.

중현이 첫머리를 읽자마자 얼굴을 찡그렸다. 그리고 종이를 집어던지며 소리쳤다.

"네 이놈! 이건 문제에 맞는 글이 아니잖느냐?"

"그걸 왜 형님이 판단하시오?"

"그, 그건···."

"형님이 평가한다 하더라도 나는 형님의 의견에는 동의할 수 없소. '개구리는 시내나 도랑에서 나는데 꼭 계단이나 뜰 사이에 숨는다. 닭들이 마구 뒤져 잡히기만 하면 죽는다. 나는 말한다. 왜 수풀 사이에 가만있지 아니하고 인가에 가까이 와서 재앙을 면치 못하는 것일까. 생각건대 사람 가까운 곳에는 땅이 기름지고, 땅이 기름지면 벌레가 많으니, 개구리는 벌레를 쫓아온 것이었다. 아, 이로움이 있으면 해가 뒤따른다는 말을 이에 있어 경험할 수 있겠다.[12] 개구리처럼 이익을 쫓아 바쁘게 뛰어다니는 형님 같은 사람한테 딱 맞는 글인데 대체 무엇이 못마땅하시오?"

"이놈이 그래도!"

"내게 놈 자를 쓰지 마시오. 놈이라고 불려야 할 사람은 바로 당신이니까. 말해 보시지? 오늘의 문제는 네놈 짓이지?"

"이놈이 무슨 망발을 하느냐!"

"연암협을 떠나기 전날 밤 선생님께서 '내가 사마천 같은 사주를 타고났다'고 하더구나. 까닭 없이 비방을 당하는 사주'라고 말씀하시더군."

"그게 어쨌다는 것이냐?"

"선생님은 까닭 없는 비방을 죽기보다 싫어하시지. 그런 분이 세상에 풍파를 일으킬 문제로 나를 시험하지는 않으실 거란 말이다."

"네 마음대로 판단하지 마라."

"이제 그만하시지. 내 일찍이 네놈을 눈여겨보아 왔어. 네가 경주 김씨의 밀정들과 만나는 것도 목격했지. 하지만 사람을 의심하는 것은 군자가 할 일이 아니기에 참았을 뿐이야. 그런데 오늘 네놈이 가져온 문제를 보니 더 이상 의심을 거둘 수 없었지. 내가 네놈의 속셈을 한번 말해 볼까? 네놈은 연암 선생님을 꼬드겨 정조 임금이 독살되었음을 암시하는 글을 쓰게 하려 했겠지. 연암 선생님께서 정조 임금께 애틋한 마음을 가지고 있다는 것은 누구나 아니까. 선생님이 글을 쓰면 그것을 경주 김씨의 끄나풀한테 전달하고 너는 떡고물을 얻으려 했던 거야. 경주 김씨는 선생님의 글로 반남 박씨를 위협해 회유하는 데 도움이 되겠다 생각했을 테지. 그런데 일이 뜻대로 풀리지 않았겠지. 네놈 깜냥으로는 선생님께 제대로 말도 꺼내지 못했을 테니까. 네놈은 슬슬 초조해졌겠지. 그래서 내게 와 수작을 부린 거야. 선생님께서 시켰다고 하면 내가 순순히 따를 줄 알고서 말이야."

중현은 아무 말도 하지 않았다.

지문이 고개를 저었다. 도저히 중현을 이해할 수 없었다.

"도대체 너는 누구냐? 김조순 대감의 먼 친척이라는 건 거짓이지? 그게 들통날까 봐 대감이 선생님을 찾아왔을 때도 몸을 피했던 것이지?"

중현이 말없이 지문을 쳐다보았다. 그의 눈에는 슬픔과 분노, 그리고 그밖에 이해할 수 없는 숱한 감정들이 뒤엉켜 있었다.

"네놈은 잘났으니 모를 테지."

"무슨 말이 하고 싶은 거야?"

"읽고 쓰는 재주를 타고난 너 같은 놈은 나 같은 보통 인간의 고통을 모를 거다."

"읽고 쓰는 것은 재주만으로 되는 게 아니야."

"어디서 감히 훈시를 하려 드느냐? 내 말 명심하거라. 다른 건 몰라도 내가 사람 상판대기 하나는 볼 줄을 안다. 너는 미간이 넓고 하관이 빠르지. 단언하건대 너 같은 놈은 선생님 곁에 끝까지 머무르지 못해. 네놈 욕심이 그걸 용납하지 않을 테니까. 그때가 되면 선생님을 배반할 수밖에 없었던 내 심정을 네놈도 제대로 알게 될 게야."

"뭐라고? 이놈이 어디서 그따위 소리를 지껄여."

중현은 돌아서서 밖으로 나가 버렸다. 지문은 그의 뒷모습을 오랫동안 바라보았다.

화가 나야 마땅했다. 그런데 이상하게도 지문은 조금 전에 보았던 그의 눈빛이 도무지 지워지지 않았다. 슬픔과 분노가 뒤엉켜 있는 듯한 그의 눈빛이 오랫동안 지문의 마음을 붙들고 놓아주지 않았다.

그날 밤 지문은 좀처럼 잠들지 못했다. 중현이 자신을 이용해 연암을 함정에 빠뜨리려고 마음먹었다는 사실은 실로 충격적이었다. 하지만 그보다 더 지문의 마음을 어지럽히는 것은 여태껏 연암에게서 아무런 소식이 없다는 사실이었다. 중현을 보고 기대를 했는데, 기다리던 소식은 없고 기껏 중현이 거짓으로 꾸며 낸 음모뿐이라니.

기대가 컸던 탓일까, 상심이 너무 깊었다. 대답 없는 상대에게 일방적으로 애정을 퍼붓고 있다고 생각하니 쓸쓸하고 또 마음이 아렸다.

"내가 설마 선생님을 배반하지는 않겠지."

지문은 자기도 모르게 내뱉은 말에 스스로 놀라 몸서리를 쳤다. 하지만 한번 뱉은 말은 되돌릴 수 없는 법. 무심코 뱉은 말을 화두 삼아 생각을 거듭하자 어느 순간부터 섬뜩했던 말이 납득할 수 있는 실체가 되어 다가왔다. 그렇다. 먼저 등을 돌린 것은 연암이었다. 지문도 충분히 기다렸다.

'어쩌면 이제 그만 선생님을 잊는 것이 좋을지도 모르지. 선생님도 그걸 바라시는지도 모르고.'

새벽닭이 울었다. 건넌방에서 아버지가 일어났는지 인기척이 났다.

문득 지문은 오늘 아침이 새롭게 느껴졌다. 연암이 떠난 뒤로 오랫동안 아침을 잊고 지냈다. 하지만 아침은 지문이 인식하지 못하는 동안에도 변함없이 계속되고 있었다. 제비가 알을 낳듯, 채마밭에서 채소가 자라듯 세상은 매일 새로워지고 있었다.

지문은 결심했다.

'새로운 아침에 어울리는 새로운 내가 되자. 연암의 문생이 아닌, 잊어버렸던 내게로 돌아가 제대로 된 새 아침을 맞자.'

문을 열고 떠오르는 태양을 바라보았다. 첫사랑이라도 만난 듯 가슴이 심하게 두근거렸다.

며칠 뒤, 지문은 아침 일찍 아버지의 방문을 두드렸다.

"이른 아침부터 무슨 일이냐?"

"드릴 말씀이 있습니다."

"급한 일이냐?"

"향시를 보려 합니다."

지문은 덤덤하게 말했다.

아버지는 펄쩍 뛰며 반대했다. 지금껏 아버지는 지문의 일에 반대하지 않는 편이었다. 그저 지문이 하는 대로 가만히 지켜보는 편이었다. 이번에는 달랐다. 그렇듯 심하게 반대하는 모습은 지금껏 같이 살면서 한 번도 본 적이 없었다.

지문은 조금 움찔했지만 덕분에 이를 더욱 악물게 되었다. 결정을 뒤집고 싶지 않았다. 나름대로 끙끙대며 어렵게 내린 결론이었다.

지문이 꿈쩍하지 않자 아버지는 최강수를 던졌다.

"너 자신을 잊지 말라고 한 말을 벌써 잊었느냐?"

"그게 아닙니다. 잊었던 저를 다시 찾았을 뿐입니다."

"그렇지 않다."

"오지 않는 선생님을 무작정 기다릴 수는 없습니다. 저는 아직 젊습니다. 선생님과 보낸 시간이 귀하기는 하지만 저에게는 가야 할 길이 분명히 있습니다."

"지문아."

"아버지와 다투고 싶지 않습니다. 저를 보내 주십시오."

"너라는 놈은….."

"원래 그런 놈입니다. 모르셨습니까?"

"진정 가야겠거든 이 말만 듣고 가거라."

"말씀하십시오."

"네 어머니가 어떻게 죽었는지 알고 있느냐?"

이건 또 무슨 말인가. 지문은 귀가 번쩍 뜨였다.

지문은 어머니가 자기를 낳다가 죽은 줄 알고 있었다. 여태껏 단 한 번도 그 말을 의심해 본 적 없었다. 그런데 지금 아버지가 무슨 말을 하려는 것인가.

"네 어머니는… 나 때문에 죽었다. 나 때문에 스스로 목숨을 끊었다."

"네?"

"과거를 본 적이 있다."

"…."

"형암 선생님과 네 어머니를 배반한 것이지. 하지만 그보다 더 바보 같았던 것은…."

아버지는 말을 잇지 못하고 울먹였다. 지문은 아버지가 눈물을 흘리는 모습을 처음 보았다. 놀랍고 또 당황스러웠다.

"과거장에서 남의 글을 베껴 썼다."

"어쩌다가…."

"그게… 형암 선생님의 글이었다."

"어떻게 그런 짓을…."

"어리석었다고 생각지 마라. 나도 나름대로 생각이 있었다. 형암 선생님은 모든 걸 속으로 삭이시는 분이다. 그래서 내가 잔꾀를 부렸지. 내가 선생님의 글로 과거에 급제했다는 걸 알면 당장 인연을 끊겠지만 관에다 고발을 하지는 않으시리라 생각했지. 그러나 내가 몰랐던 것이 있었다. 시관이 선생님의 벗이었던 이서구였던 것이지."

아버지는 고개를 떨구었다. 아버지가 가슴 아프게 숨겨 왔던 비밀이란 게 바로 그것이었다.

지문은 차라리 듣지 않았더라면 더 좋았을 뻔했다고 뒤늦게 후회했다. 분노가 치밀어 올랐다. 심장이 터질 것만 같았다. 입 밖으로 화가 터져 나오려는 것을 입술을 굳게 깨물어 막았다.

"세상에 이름을 날리고 싶었다. 벼슬을 얻어 내 재주를 좋은 일에 사용하고 싶었다. 부질없는 욕심 때문에 어리석은 짓을 저지르고 만 거야. 돌이킬 수 없는 일을 말이다. 그때 나는 나를 잊었던 거야. 내가 잔재주만 가진 위인이라는 사실을 까맣게 잊었던 게지. 지문아, 나 하나로 족하지 않겠니. 너까지 그런 잘못을 거듭해서는 안 되느니라. 너는…."

지문은 자리에서 벌떡 일어나며 말했다.

"걱정 마세요. 저는 남의 문장을 베껴 쓰는 짓은 절대 하지 않을 겁니다."

지문은 방문을 세게 닫고 밖으로 나왔다. 그때 누군가가 집으로 들어왔다.

"실례합니다. 여기가 지문 군의 댁입니까?"

"그러하오만, 뉘신지요?"

"여기 연암 어르신이 보낸 편지를 갖고 왔습니다."

지문은 그자가 말을 채 끝맺기도 전에 편지를 낚아챘다. 편지는 겨울 해처럼 짧았다.

속히 한양으로 오너라.

지문은 편지를 내려놓고 소리 내어 울었다. 그 소리를 듣고 아버지가 황급히 밖으로 나왔다. 지문이 아버지에게 편지를 건넸다. 아버지는 말없이 지문의 손을 잡고 같이 울었다. 두 남자의 울음소리가 마당 가득히 울려 퍼졌다.

마지막 문제

글쓰기와
병법

지문을 맞이한 이는 연암의 둘째 아들 종채였다. 연암은 출타 중이라고 했다. 종채는 연암과 닮았지만 인상은 훨씬 넉넉했다. 연암의 얼굴에서 날카로움을 걷어 내고 대신 넉넉한 이중 턱을 얹으면 바로 종채였다.

종채는 예전부터 지문을 잘 알았던 듯 친동기처럼 반갑게 맞았다. 하지만 금방 한숨을 길게 내쉬었다. 그의 얼굴에 어두운 빛이 떠올랐다.

"자네가 바로 지문이로군. 왜 이제야 왔는가?"

"네?"

"아버지께서 편지를 여러 통… 아차, 그랬겠군."

"무슨 말씀이십니까?"

"아닐세. 그건 나중에 이야기하세. 편지를 받고 조금 지체

했던 모양이야. 아버지께서 많이 기다리셨네."

"처리할 일이 좀 있었습니다."

지문은 지체 없이 대답한 뒤 화제를 돌렸다.

"그보다 선생님은 좀 어떠십니까?"

"요즈음 들어 부쩍 쇠약해지셨네. 그래서 걱정이야."

종채가 말끝을 흐렸다. 연암협을 떠날 때에도 연암은 그다지 건강이 좋지 않았다. 결국 연암협도 연암이 편히 쉴 자리는 아니었던 셈이다.

"산변은 어찌 되었습니까?"

"자네도 그 일을 알고 있었던가?"

"중현 형님에게 들었습니다."

"내 앞에서 다시는 중현이놈 이름을 꺼내지 말게. 유한준이 산변을 저지르도록 뒤에서 조종한 것이 바로 그놈이야."

"네?"

"경주 김씨인 놈이 아버지 뒤를 졸졸 따라다닐 때부터 알아봤지. 아버지는 괜찮다, 괜찮다, 다 생각이 있다 하셨지만 보게, 이미 작정하고 달려든 놈이다 보니 아버지도 그대로 당하시지 않았나. 아버지가 제 놈을 어떻게 생각하셨는데."

온화하던 종채가 벌겋게 달아오른 얼굴을 하고 성을 내며 씩씩거렸다. 종채는 물을 한 사발 들이켜 목을 축인 다음 그간 있었던 일을 들려주었다.

지문이 연암을 기다리던 동안 연암은 실로 놀라운 일을 겪었다. 연암이 얼마나 충격을 받았을지 감히 짐작도 되지 않았다. 지문은 잠시나마 연암을 원망했던 일이 미안해졌다.

문제의 중심에는 중현이 있었다. 연암이 조부인 장간공의 묘를 이장하기 며칠 전 중현은 유한준을 찾아가 그 사실을 알렸다. 악은 악을 알아보는 법. 눈치 빠른 유한준이 중현의 말에 숨은 속뜻을 모를 리 없었다.

유한준은 그날로 묘지 아래에 죽은 아들 만주의 관을 옮겨 묻었다. 하지만 일은 그것으로 끝나지 않았다. 연암이 소송을 제기하자 유한준은 하인들을 시켜 장간공의 관을 파내어 버렸다. 있을 수 없는 일이었다. 서로 산송山訟의 결과를 기다리는 것이 도리였지만 유한준은 그것마저 무시했다.

일이 그 지경에 이르자 연암은 돌연 산송을 포기했다. 말이 통하지 않는 자와 싸우기 싫다고 했지만 그게 다가 아니었다. 현실적으로 경주 김씨를 등에 업은 유한준을 당해 낼 수 없다고 판단했기 때문이었다. 참담한 일이었다.

유한준은 아들을 가슴에 묻은 한을 잊지 않고 있다가 연암에게 분풀이를 한 것이었다. 참으로 집요한 노인이었다.

지문이 종채에게 물었다.

"선생님께서는 그자의 정체를 처음부터 알고 계셨군요."

"그러셨지."

"그런데 어째서….“

"그렇게 하면 경주 김씨 쪽에서 마음을 놓을 거라 생각하신 게지. 결국 그게 화가 되었지만."

"중현이 그자가 산변에 관여했다는 것은 어떻게 아셨습니까?"

"손자인 돈환이 아버지를 찾아왔었네. 그가 사건의 전말을 말해 주더군."

"네?"

"할아버지를 대신해 자신이 사죄를 한다면서 무릎을 꿇고 빌더군. 그의 이야기를 듣고서야 중현이놈이 개입되어 있었다는 것을 알게 되었지. 아버지가 자네에게 보낸 편지도 모조리 놈이 중간에서 가로챘어. 아버지는 놈이 도망가기 전까지 매번 놈을 통해 편지를 보내셨거든. 나쁜 놈. 본성은 그래도 선비일진대 아버지 곁에서 무엇을 배운 것인지."

뜻밖이었다. 이런 일이 벌어지고 있었으리라고는 지문은 꿈에도 상상하지 못했다.

지문은 돈환에 대해 별로 정이 가는 사람은 아니라고 기억했다. 말쑥한 외모에 사람을 무시하는 듯한 눈빛하며 행동거지 하나하나까지 위선적인 사대부의 전형이었다. 하지만 그 속은 그렇지 않았던 모양이다.

지문은 가슴을 쳤다. 잘못 생각하기는 중현에 대해서도 마찬가지였다. 처음에는 중현을 가볍기는 해도 공부에 뜻을 둔 선비라고 생각했다.

이렇게도 사람을 알아보는 눈이 없었던가. 지문은 아직 배워야 할 것이 한참이나 남았음을 뼈저리게 깨달았다.

그때 덜컹 문이 열렸다.

"군자 중의 군자가 내 집에는 어찌 납시었는가?"

연암이었다. 얼마 만에 듣는 목소리인가. 지문은 반가운 마음보다 걱정스러운 마음이 더 앞섰다. 그러나 사태를 직감하고 말없이 고개를 숙여 인사를 했다. 그러면서도 연암의 안색이며 외양을 조심스럽게 살폈다.

연암의 목소리가 더욱 높아졌다.

"군자가 머무르기에는 이 집이 너무 구차하구나. 어찌할꼬. 마당에 그대를 위한 정자라도 만들어야 할까? 이름은 뭐라 할까? 고반정은 너무 소박해 안 될 테고, 황금정은 어떠냐."

"죄송합니다."

"죄송하다? 자네 입에서 어찌 그런 말이 나오는가?"

"죄송합니다."

"좋구나, 좋아. 선생의 말을 무시하고도 죄송하다 한마디면 그만인 세상이로구나."

좀처럼 화를 내지 않던 연암이 비난을 퍼부어 대고 있었다.

종채는 사정을 모르는지라 그런 연암을 말리려 했다.

"아버지, 오랜만에 만나셨으면서 왜 역정을 내십니까."

연암 대신 지문이 대답했다.

"제가 향시를 보았습니다."

"글공부를 하는 사람이 향시에 응하는 것은 당연한….."

"전날 선생님과 지키지 못할 약속을 했습니다. 과거에 응시하지 않겠다고."

"네놈이 어찌 그런 말을…."

연암이 갑자기 뒷머리를 움켜쥐었다.

"아버지, 고정하십시오. 혹여 건강을 해칠까 염려됩니다."

종채가 놀라며 휘청거리는 연암을 붙들었다. 잠시 후 연암은 조금 진정이 되었는지 숨을 크게 내쉰 다음 종채를 보고 말했다.

"종채야, 너는 나가 있거라."

"괜찮으시겠습니까?"

"괜찮다."

종채는 연암이 걱정되는지 잠시 망설이다가 하는 수 없다는 듯 조용히 밖으로 나갔다. 종채 한 사람 나갔을 뿐인데 방안이 썰렁해졌다. 지문은 묵묵히 그 기운을 견뎠다.

지문이 향시에 응한 사실을 연암이 어떻게 알았는지는 중요하지 않았다. 연암의 집에 발을 들여놓는 순간 솔직하게 고백하리라 마음을 먹었다. 그러니 꿋꿋하게 버텨야 했다. 울고 불고 사죄한다고 해결될 일은 아니었다.

마침내 연암이 쏘아붙이듯 말했다.

"응시를 했으면 붙기나 하지."

"네?"

"네 실력으로 그 알량한 향시도 통과하지 못했더냐?"

"그게 아니라 제출을….'

"듣기 싫다. 하긴, 그따위 글을 과문이라고 썼으니 낙방하는 게 당연하지."

연암은 여전히 퉁명스럽게 말했지만 아까보다는 한결 누그러져 있었다.

지문은 속으로 한숨을 내쉬었다. 연암이 진심으로 자신을 내치려는 생각은 아니었음을 깨달았다.

지문은 그제야 연암을 자세히 볼 수 있었다. 울컥 치밀어 오르는 뭔가가 있었다. 눈시울이 붉어졌다. 태산처럼 장대해 보였던 연암의 거구가 그동안 반쪽이 되어 있었다. 눈가에는 주름도 깊어지고 많아졌으며, 얼굴에는 검버섯마저 피어 있었다. 우렁찬 목소리만 예전 그대로였다.

"내가 조금만 젊었더라도 너를 다시는 상대하지 않았을 것이야."

"선생님, 향시에 응한 것은 사실입니다만 답안을 제출하지 않고 나왔습니다.”

“뭐라고?”

“그냥 나왔습니다. 선생님처럼 말입니다.”

“네가 지금 재미있는 이야기를 하는구나. 그래, 왜 나왔는고? 내 흉내를 내려 했더냐?”

“죄송합니다. 선생님과의 약속을 어긴 데 대해서는 드릴 말씀이 없습니다. 다만 이것 하나만은 이해해 주십시오. 제 실력이 어느 정도인지 확인하고 싶었습니다.”

“확인할 방법이 과거밖에는 없었더냐?”

“제가 생각이 짧았습니다. 과문을 쓰면서야 잘못 판단했음을 깨달았습니다. 그래서 답안을 제출하지 않았습니다.”

연암은 말없이 지문의 얼굴을 한참 동안 바라보다가 힘들게 말을 이었다.

“그것 참 안타깝구나. 그런데 이걸 어쩌랴. 누군가가 자네의 답안을 대신 제출하는 친절을 베푼 모양이니.”

“네?”

“여기 네가 쓴 그 잘난 글이 있느니라.”

연암이 서안 위를 뒤적거리더니 종이를 한 장 꺼냈다. 지문이 깜짝 놀라 눈을 동그랗게 치켜떴다. 정말로 지문이 과장에서 팽개쳤던 글이었다.

“선생님께서 어떻게?”

연암은 대답은 무시하고 다른 말을 했다.

"그래, 그 잘난 글이나 한번 들어 보자."

지문은 머뭇거렸지만 이미 엎질러진 물이었다. 자신 없는 목소리로 글을 읽었다.

　　글을 잘 짓는 자는 아마 병법을 잘 알 것이다. 비유컨대 글자는 군사요, 글 뜻은 장수요, 제목은 적국이요, 고사의 인용은 전장의 진지를 구축하는 것이요, 글자를 묶어서 구句를 만들고 구를 모아서 장章을 이루는 것은 대오를 이루어 진을 치는 것과 같다.

　　운에 맞추어 읊고 멋진 표현으로써 빛을 내는 것은 징과 북을 울리고 깃발을 휘날리는 것과 같으며, 앞뒤의 조응이란 봉화요, 비유란 유격이요, 억양반복이란 맞붙어 싸워 서로 죽이는 것이요, 파제破題한 다음 마무리하는 것은 먼저 성벽에 올라가 적을 사로잡는 것이요, 함축을 귀하게 여기는 것은 늙은이를 사로잡지 않는 것이요, 여운을 남기는 것은 군대를 정돈하여 개선하는 것이다.[13]

연암은 눈을 감고 지문이 읽는 소리를 들었다. 글이 다 끝난 뒤에도 연암은 한참 동안 눈을 뜨지 않았다. 표정이 없었다. 지문은 다시 불안해졌다.

연암이 눈을 뜨고 지문을 쳐다보았다. 지문은 차마 마주 볼 용기가 없어 고개를 떨구었다.

"하나만 물어보자. 어떻게 글을 병법에 비유할 생각을 하였느냐?"

"과장에 들어가기 전 병사들이 훈련하는 모습을 보았습니다. 구령에 맞추어 대오를 만들고 흩어지고, 그러기를 반복하더군요. 처음에는 병사들의 움직임이 어설프다 싶었는데, 연습이 거듭될수록 일사불란해졌습니다. 그걸 보고 있노라니 문득 글도 병법과 비슷하지 않나 하는 생각이 들었습니다."

"병법을 잘 하는 자는 버릴 만한 병졸이 없고, 글을 잘 짓는 자는 가릴 만한 글자가 없다. 말이 간단하더라도 요령만 잡으면 되고, 토막말이라도 핵심을 놓치지 않으면 험한 성이라도 정복할 수 있는 법이지. 그러므로 글쓰기는 곧 병법이니라."

잠시 지문을 노려보던 연암이 말을 덧붙였다.

"네가 허투루 배우지는 않은 듯하구나. 가르친 것들을 제법 나름대로 체득한 듯 여겨진다. 그래, 글자는 군사요 글 뜻은 장수라 했는데, 그건 무슨 의미더냐?"

"군대는 지휘하는 장수가 있어야 전쟁에서 이길 수 있습니다. 군사의 수가 아무리 많다 하더라도 지휘 체계가 갖추어지지 않으면 제대로 운용되지 않습니다. 글도 마찬가지라 생각했습니다. 글자만 늘어놓는다고 해서 글이 되지는 않습니다.

명확한 주제를 가지고 글을 전개해야 제대로 된 글이 완성됩니다."

"제목을 왜 적국이라 했느냐?"

"전쟁을 하는 목적이 적국에게 승리하기 위해서이듯 글을 쓰는 것 역시 결국 제목, 즉 문제와의 대결이라 생각했습니다. 문제의 의미를 정확히 파악한 뒤에 공략할 방략을 연구해야 제대로 된 글을 쓸 수 있다는 뜻이었습니다."

"고사의 인용을 전장의 진지를 구축하는 것이라고 한 뜻은?"

"진지를 구축하는 목적은 보루를 만들어 안정적으로 싸우기 위함입니다. 고사란 이미 역사적으로 드러난 사실들입니다. 그런 만큼 고사를 사용하면 사람들의 신뢰를 이끌어 낼 수 있습니다."

"사마천이 즐겨 썼던 방법이기도 하다. 좋다. 그럼, 글자를 묶어서 구를 만들고, 구를 모아서 장을 이루는 것은 대오를 이루어 진을 치는 것과 같다고 한 것은?"

"질서 정연한 군대가 전쟁에서 이기는 법입니다. 논리 정연한 글, 글자 한 자 한 자가 제자리에서 제 역할을 할 때 그 글로써 사람들을 설득할 수 있습니다."

"운에 맞추어 읊고 멋진 표현으로써 빛을 내는 것은 징과 북을 울리고 깃발을 휘날리는 것과 같다고 한 것은?"

"징과 북, 그리고 깃발은 군사들을 독려하는 데 꼭 필요한 것들입니다. 운율과 표현도 마찬가지입니다. 짐짓 무시하기 쉬운 요소들이지만 제대로 사용하면 글에 빛을 더해 줍니다."

"앞뒤의 조응이란 봉화라, 이것은 또 무슨 의미인고?"

"봉화는 봉우리와 봉우리를 불빛으로 연결하는 것입니다. 조응도 마찬가지입니다. 글의 앞에서 슬쩍 제시한 것을 뒤에서 다시 잘 설명하는 것이지요. 이렇게 하면 읽는 사람은 궁금증을 가지고 글을 읽기 시작했다가 다 읽을 무렵 만족을 얻을 수 있습니다."

"비유를 유격이라 한 것은?"

"유격은 적이 알아채지 못하게 공격하는 전술입니다. 준비를 못 했으니 상대방은 당하게 마련이지요. 비유도 마찬가지입니다. 제대로 된 비유를 접했을 때 글을 읽는 사람은 감탄하게 됩니다. 전혀 생각하지 못했던 참신한 비유를 읽었을 때는 더욱 그렇지요."

"억양반복이란 맞붙어 싸워 서로 죽이는 것이라는 의미는 무엇이냐?"

"전장에서 상대방과 맞닥뜨리게 되면 어느 한쪽은 죽어야 합니다. 그러므로 내가 죽지 않으려면 상대방을 완전히 죽여야 하지요. 억양이란 처음에 눌렀다가 나중에는 놔주는 기법입니다. 즉, 반복하되 효과를 달리하여 반복해 읽는 사람에게

강한 인상을 주는 것이지요. 읽는 사람은 그 반전의 묘미에 끌려 완전히 글에 제압되는 것입니다."

"파제한 다음 마무리하는 것은 먼저 성벽에 올라가 적을 사로잡는 것, 이것의 의미는?"

"전쟁을 시작했으면 반드시 성벽에 올라가 적을 사로잡아야 합니다. 파제는 글의 서두를 말하는 것입니다. 시선을 끄는 문구로 글을 쓰는 것도 중요하지만 적을 잡는 것, 즉 글의 마무리도 중요하지요."

"함축을 귀하게 여기는 것은 늙은이를 사로잡지 않는 것, 이것은 무슨 뜻이냐?"

"전쟁터에서 노인을 잡는 것은 번거로운 일입니다. 오히려 노인을 놓아줌으로써 상대방을 교란하는 것이 더 좋습니다. 함축이란 그런 것입니다. 별 의미 없어 보이나 실상은 대단한 의미가 숨어 있지요. 그냥 읽으면 모르되 자세히 읽으면 의미를 파악하고 '이것이로구나!' 무릎을 치게 되는 것입니다."

"여운을 남기는 것은 군대를 정돈하여 개선하는 것이다, 이것은 무슨 의미냐?"

"군대의 개선은 사실 의미 없는 절차입니다. 전쟁은 이미 끝이 났으니까요. 하지만 개선을 통해 승리를 되새김질하게 되는 장점이 있지요. 여운도 그렇습니다. 글이 끝난 뒤에도 읽은 사람이 아쉬워하며 다시 보게 되는 것, 두 번 세 번 즐기는 것, 그것이 바로 여운입니다."

"훌륭하구나. 그런데 네가 지금 말한 것들은 다시 몇 가지로 분류할 수 있을 것 같구나. 이를테면, 이치와 혜경과 요령 밑에 넣을 수 있지 않을까."

지문은 연암의 말을 어렵지 않게 알아차렸다. 이치는 전체 틀을 말하는 것이리라. 또한 혜경은 지름길이니 구성 방식을, 요령은 세부 표현을 일컫는 것이리라.

"예, 그렇게도 할 수 있겠습니다."

연암은 한동안 말이 없었다. 지문은 안도의 한숨을 내쉬었다. 비록 자신이 글을 썼지만 이처럼 막힘없이 대답하리라고는 생각지 못했던 것이다. 연암이 침묵하는 이유를 자신의 글을 인정하기 때문이라고 이해하고 싶었다.

지문은 망설이다 말문을 열었다.

"여쭙고 싶은 게 있습니다."

"말해 보거라."

"만약 제가 답안을 제대로 제출했더라면 향시를 통과할 수 있었겠습니까?"

"지문아, 아직도 모르겠느냐?"

"무엇을…."

"너는 조선에서 백 번 과거를 치더라도 백 번 다 떨어질 것이니라."

215

"왜 그러합니까?"

"네 글은 과거에 적당하지 않다. 조선에서는 네 글을 온전히 이해할 수 있는 관리가 없을 테니 말이다. 게다가 네 글은 그자들에게 글쓰기를 가르치고 있지 않느냐. 또한 네 글은 위험하기까지 해."

"선생님, 무엇이 위험하단 말씀입니까?"

"네가 정녕 나라 안 사정을 모른단 말이냐?"

지문은 아무런 대꾸도 하지 못했다. 연암이 답답하다는 듯 혀를 찼다.

"이옥이란 자가 있었다. 꼭 너처럼 답답한 위인이었지. 과거를 보면서 읽었던 소설 문체를 죄 동원하여 글을 썼어. 제 딴에는 새롭다고 생각했을 테지. 그 오만의 결과가 어땠는지 아느냐?"

"모르겠습니다."

"정조 임금은 그 글을 보고 대로하셨다. 신성한 과장에서 조악한 소품 문체를 써낸 것은 국가를 모욕하는 짓이라 하시면서 그에게 평생 과거에 응시하지 못하도록 명을 내리셨다. 너도 그와 다르지 않느니라. 세상은 지나치게 새로운 경향을 드러내며 앞서가는 글들을 그냥 보고만 있지 않아. 시관이 나와 안면이 있는 자였기에 다행이었지, 자칫 큰 화를 당할 뻔했느니라. 알겠느냐?"

지문은 그런 일이 있었는지 까맣게 몰랐다. 한양에서 내려온 시관이 누구인지도 알지 못했고, 답안을 제출하지 않았으니 뒷일은 신경 쓰지도 않았다. 그런데 그동안 지문과는 무관하게 일이 수상하게 진행되었던 모양이다.

"알겠습니다."

대답은 그렇게 했지만 사실은 전혀 이해가 되지 않았다. 지문은 지금껏 연암에게 배웠던 모든 지식을 총동원하여 답안을 썼다. 고백건대 스스로도 의심할 만큼 잘 쓴 글이라고 자부했다. 그런데 왜 안 된단 말인가?

지문의 속내를 읽은 듯 연암이 입을 열었다.

"너는 네 글에 매우 만족했을지 모르겠다. 어쩌면 더 이상 내게 배울 것이 없다고 생각했을지도 모르지."

"무슨 말씀이십니까? 제가 어떻게 감히 그런 생각을 하겠습니까?"

"나를 속일 생각은 마라. 그렇게 생각하는 것도 무리는 아니지. 그러나 네 글은 기술적으로는 완벽하지만 내가 보기에는 아직 멀었느니라."

"무엇이 부족한지 말씀해 주십시오."

"네 글은 매끈하고 깔끔하긴 하지만…."

"그 외에도 뭐가 더 필요합니까?"

말해 놓고 나니 지문은 가슴 한구석이 뜨끔했다.

"정녕 그렇게 생각하느냐?"

"…."

"하나만 묻겠다. 혹시 내게 숨기고 있는 것은 없느냐?"

순간 지문은 망설였다. 하지만 연암이 그것까지 알 리는 없다고 생각했다.

"없습니다."

"그러하냐… 됐다. 네게 문제를 하나 더 내겠다. 마지막 문제가 되겠구나."

연암이 말을 멈추고 갑자기 가쁜 숨을 내쉬었다. 아직 초여름인데 얼굴이 땀으로 흠뻑 젖어 있었다. 연암은 수건을 들어 천천히 얼굴을 닦은 뒤 말을 이었다.

"사마천이 《사기》를 쓸 때 그 심정이 어떠했을지 한번 생각해 보거라."

"네?"

"나는 할 말 다했다. 그만 나가 보거라. 답을 얻으면 그때 다시 오거라. 그러기 전에는 너를 보지 않을 것이니라."

"선생님."

"종채를 좀 불러다오."

지문은 하는 수 없이 방을 나와야 했다. 방문 너머로 연암이 연거푸 기침을 해 대는 소리가 들려왔다. 지문은 왠지 자신이 잘못한 것 같아 마음이 편치 않았다.

진실을
　보는 자

　종채는 책장을 앞으로 넘겨 지문이 과장에서 남겼던 글을
다시 읽었다. 절로 감탄이 나올 만큼 뛰어난 글이었다. 지금
까지 익히고 깨달은 글쓰기의 원리를 과문에서 온전히 풀어
내고 있었다. 글에는 글쓰기의 실제 수칙들이 고스란히 반영
되어 있었다.

　종채는 글을 다시 한번 꼼꼼히 읽었다. 아버지가 말한 세
기준에 따라 몇 가지 수칙이 정리되는 듯했다.

| 글쓰기 비밀 5 |

실전에 적용할 수 있는 글쓰기 수칙 열한 가지

이치 : 전체 틀

1. 명확한 주제 의식을 가져라.

2. 제목의 의도를 파악하라.

혜경 : 구성 방식

3. 단락 간 일관된 논리를 유지하라.

4. 인과관계에 유의하라.

5. 시작과 마무리를 잘하라.

요령 : 세부 표현

6. 사례를 적절히 인용하라.

7. 운율과 표현을 활용하여 흥미를 더하라.

8. 참신한 비유를 사용하라.

9. 반전의 묘미를 살려라.

10. 함축의 묘미를 살려라.

11. 여운을 남겨라.

각각의 수칙들이 너무도 명확하고 구체적이어서 따로 설명할 필요도 없었다. 하나하나가 다 실전에서 활용할 수 있는

값진 수칙들이었다.

사실 종채는 이 대목에서 아버지의 말을 이해할 수 없었다. 지문의 글은 완벽해 보였다. 도대체 아버지는 무엇이 부족하다고 보신 것일까. 종채는 책의 남은 부분에서 그 해답이 나타나기를 기대할 뿐이었다.

정리를 끝낸 뒤, 종채는 살집이 넉넉한 턱을 한 번 매만지고는 아버지의 유고를 뒤졌다. 그러나 지문의 글과 같은 글은 어디에도 없었다. 그렇다면 정말로 지문이 이 글을 썼다는 말인가?

아무리 골똘히 생각해도 갈피가 잡히지 않았다. 지문이 썼다고 말하기도 어렵고, 아니라고 말하기도 어려웠다.

지문이 썼다고 말하기 어려운 이유 중 가장 큰 것은 지문의 아버지인 김향서 때문이었다. 이 책에 따르면 김향서는 과장에서 형암 이덕무의 글을 베꼈다고 했다. 그 아버지에 그 아들이라지 않던가. 지문 또한 김향서처럼 연암의 글을 베끼지 않았으리라고 어떻게 보장하겠는가.

잠시 희망에 부풀었지만 종채는 금세 얼굴을 찌푸렸다. 다르게 생각할 수도 있었다. 지문이 한양에 왔을 때 처음 그를 만났다. 그때 무슨 대화를 나누었는지 정확하게 기억나지는 않지만, 대략 책에 나오는 내용과 비슷했던 것 같다. 그렇다면 책에 나오는 이야기가 모두 사실일 가능성이 컸다.

"그때 지문의 글을 봐 둘걸."

후회해도 소용없었다. 거듭 한숨만 나왔다.

책은 어느덧 마지막 장을 향해 가고 있었다. 등잔불이 밤바람에 흔들렸다. 종채는 방문을 닫고 남은 책을 마저 읽기 시작했다.

사마천의
마음

지문이 연암의 집에 머무른 지 한 달이 훌쩍 지났다. 그동안 연암 근처에는 얼씬도 못 했다. 한양에서의 연암은 연암협에서 은둔하던 그가 아니었다. 한양 최고의 유명 인사였다.

아침부터 저녁까지 연암을 찾는 사람들이 끊이질 않았다. 그중에는 연암의 문생을 자처하는 이들도 있었다. 그들은 아침나절에 찾아와 하루 종일 먹고 떠들어 대며 사랑에 머물다 가곤 했다. 지문이 낄 자리는 없었다.

지문도 깜냥은 있었다. 단지 연암이 바빠서 만나기 어려운 것은 아니라는 사실쯤은 눈치챘다. 오다가다 마주쳐도 연암은 지문을 외면했다. 지문이 문제를 해결하기 전까지는 달라지지 않을 터였다.

지문은 속이 편치 않았다. 부족한 부분에 대해 즉각적으로

답을 주지 않는 연암의 방식이 슬슬 짜증 났다. 하지만 다른 방법이 없었다. 오로지 참아야만 했다. 참고 문제를 해결하는 방법밖에 없었다.

그런데 그것이 쉽지가 않았다. 처음에는 이전 문제들에 비해 쉽다고 생각했다. 《사기》는 어려서부터 즐겨 읽었던 책이었기 때문에 자신 있었다. 그러나 막상 문제에 집중하면 할수록 답에서 멀어지는 것을 느꼈다.

가장 먼저 떠오른 것은 '의'와 '협'이었다. 그러나 그것은 특별하지 않았다. 《사기》가 의와 협에 대한 책이라는 것은 세상 사람 누구나 다 아는 사실이었다. 연암이 그런 평범한 답을 요구했을 리 없었다. 언제나 그랬듯 다른 사람들이 보지 못하는, 글쓰기의 본질과 관련 있는 답을 원할 터였다.

도대체 그것이 무엇일까?

슬픔? 사마천은 남자로서 가장 치욕적인 궁형을 당했지만 한 번도 직접적으로 슬픔을 피력하지 않았다.

그렇다면 열정? 《사기》는 마냥 뜨거운 혈기로만 채워진 책은 아니다. 의론이 엄정하고, 논리가 차분했다. 그것을 열정이라는 말로 뭉뚱그려 담을 수는 없었다. 그렇게 고민을 거듭하는 사이 시간은 속절없이 흘러갔다.

하루는 김조순이 연암을 만나기 위해 찾아왔다. 한 식경쯤 지났을까, 벌써 이야기를 마쳤는지 김조순이 방문을 닫고 밖으로 나왔다. 연암은 나오지 않았다.

지문이 사람들 틈에 서서 고개를 숙이고 있는데, 김조순이 지문을 발견하고 반가워했다.

"여기서 자네를 또 보는군."

"그간 안녕하셨습니까?"

"그럭저럭 지내고 있네. 시간이 괜찮으면 오늘 밤 내 집에 좀 들르게."

"네."

김조순은 어느덧 조선의 국구(임금의 장인)가 되어 있었다. 조선 천지에 김조순과 안동 김씨의 세상이 될 날이 머지않았다는 소문이 파다했다.

김조순이 돌아가자 함께 있었던 사람들이 의아한 표정으로 지문을 쳐다보았다. 당황하기는 지문도 마찬가지였다.

'선생님이 들으시면 어쩌려고 대감은 저렇듯 위험하게 행동했을까?'

이유를 알아내는 방법은 오직 하나뿐이었다.

지문은 김조순의 집을 볼 때마다 늘 감탄했다. 셀 수도 없을 만큼 많은 건물들과 기화요초들이 만발한 정원도 놀라웠지만, 무엇보다 사랑 풍경이 가장 인상적이었다. 벽에는 크고 작은 서화들이 걸려 있었고, 문설주에는 금실로 수놓은 짧은 시들이 붙어 있었다. 서가에는 수백 권의 책이 꽂혀 있었고, 그 사이로 기암괴석들이 자태를 뽐내며 놓여 있었다. 방 안에는 솔잎을 갈아 만든 옥류 향기가 은은하게 퍼지고 있어 무릉도원 중 한 곳이 아닐까 하는 착각이 절로 들 정도였다.

김조순은 지문에게 시와 서화들을 하나하나 소개했다. 다향에 익숙해졌을 때쯤 김조순이 맞춘 듯이 이야기를 멈추었다. 잠시 침묵이 이어졌지만 김조순이 금방 말을 꺼냈다. 하고 싶었던 말이 있었던 것이다.

"자네가 향시에 낸 글을 봤네. 지난번에 봤을 때 왜 향시에 응했다고 말하지 않았는가?"

"죄송합니다. 일부러 숨기려고 한 것이 아닙니다. 향시에 응하기는 했지만 답안을 제출하지 않았기 때문에 말씀드릴 일이 아니라고 생각했습니다."

"그랬을 수 있겠군. 아무튼 글이 참 좋았네. 하지만 그런 글로는 향시에서 통과할 수 없었을 것이야."

지문은 그가 어떻게 그 글을 보았는지 물어볼 필요조차 느끼지 못했다. 지문은 전혀 다른 이야기를 꺼냈다.

"제 글의 어떤 면이 마음에 드셨습니까? 그런데도 향시에 통과하지 못했을 거라는 말씀은 또 무슨 의미입니까?"

김조순은 잠시 눈을 감았다 떴다. 지문을 쳐다보는 그의 눈빛에서 옛일을 회상하는 아련한 뭔가가 느껴졌다.

"자네를 보니 지난날이 생각나는군. 한때 나도 자네와 참 비슷했네. 거칠 것이 없었다고 할까. 그 시절에는 머리에 떠오르는 대로 주저 없이 붓으로 옮겼지. 내가 느낀 감정을 하나도 숨기지 않고 그대로 글로 써내면서 혼자서 뿌듯해했지. 읽은 책들도 지금과는 달랐네. 경전은 한쪽으로 밀어 놓고 《서상기》나 《수호지》 등 소설을 주로 읽었지. 그러느라 밤을 지새우는 일이 다반사였어. 그 무렵 한창 연암과 어울렸어. 우리는 솔직하고 과격한 문장으로 세상을 바꿀 수 있다고 믿었지. 하지만… 그건 옳은 생각이 아니었어."

"무슨 말씀이십니까?"

"미욱했던 나를 올바른 길로 인도한 분이 정조 임금일세. 정조 임금은 소품과 소설을 잡다하고 기이한 글이라 하시며 금지하셨네. 읽을 때는 좋지만 실상 그 글들에는 아무런 도리가 없었기 때문이었지. 옳은 말씀이셨어. 나는 그 길로 자송문을 제출하고 다시는 소품과 소설을 보지 않았네, 문장이란 모름지기 성현들의 생각을 담고 있거나, 세상을 올바르게 이끌 지혜와 경륜을 담고 있어야 한다는 고문의 진리를 다시 한 번 깨달았다네."

"연암 선생님과는 다른 말씀을 하시는군요."

"그렇다네. 연암은 내용, 즉 도리보다는 표현에 치중하지. 본인은 그렇지 않다고 부인하지만 말일세. 일례로 연암은

《열하일기》에서 중국의 근본은 깨진 기왓장이나 똥거름에 있다고 했네. 말이나 되는 소리인가? 연암은 자극적인 표현으로 사람들의 이목을 끌려고 했던 것이지. 그것이 연암 특유의 글쓰기 방식이야. 정조 임금께서 자송문을 내라고 했을 때도 연암은 거역했지."

"그래도…."

"이제 자네의 글을 이야기해 볼까. 자네가 글을 쓰면서 동원한 표현들을 보고 정말 놀랐네. 글쓰기를 병법에 견주다니, 감각이 참으로 참신해. 하지만 그것이 문제야. 그런 재능을 왜 하찮은 글쓰기에 소모하는가? 백성을 위하고, 태평천하를 실현하는 가치 있는 일에 재능을 사용해야 한다 이 말일세."

"연암 선생님은 제 글이 아직도 부족하다고 말씀하셨습니다. 지금 대감께서 말씀하신 의미에서 하신 말씀일까요?"

"그렇지는 않겠지. 하지만 그게 무엇이 되었건 이제 모나기 그지없는 연암의 비평은 그만 잊게나. 자네는 내가 말한 대로 경세에 도움이 될 만한 글을 쓸 생각을 하게. 그 즉시 자네의 앞날은 광화문 앞길처럼 탄탄해질 걸세."

"정말 그럴까요?"

지문이 눈을 동그랗게 뜨고 관심을 보이자 김조순이 조용히 말을 이었다.

"나를 믿고 정식으로 과거에 응하게나. 얼마 후면 증광전시가 있을 걸세. 응시에는 문제가 없도록 내가 손을 써 주겠네. 어떤가?"

"아직은 잘 모르겠습니다."

"결단을 내리게나."

"손바닥 뒤집듯 결정할 수 있는 일이 아닙니다."

"허허, 내 앞에서 그렇게 함부로 말을 하는 사람은 조선 천지에 연암과 자네 둘밖에 없을 걸세."

"지금으로서는 생각이 없습니다."

"응시하게. 그러면 자네와 내 딸 초희를 맺어 주겠네."

초희와의 혼사라니! 지문은 얼굴이 화끈거리고 심장이 심하게 두근거렸다.

처음 김조순의 집을 찾았을 때의 일이 생생하게 떠올랐다. 도망치듯 과장을 빠져나온 뒤 곧바로 한양으로 향했다. 한양에 닿자마자 연암의 집을 찾아갔지만 문 앞에서 걸음을 돌려 김조순을 먼저 찾아갔다.

김조순은 지문을 매우 반겨 주었다. 그때도 과거를 보라는 말을 했다. 지문이 고개를 젓자 연암에 대한 믿기지 않는 이야기들을 들려주었다. 그러고도 지문이 마음을 바꾸지 않자 시간을 갖고 생각을 잘 해 보라고 말한 뒤 이야기를 정리했다.

그리고 초희를 불렀다. 못 본 사이 초희는 더 아름다워진 듯했다. 초희는 김조순과 몇 마디를 나눈 뒤 다시 밖으로 나 갔다. 지문에게는 눈길 한 번 주지 않았다. 하지만 지문은 그 런 모습조차 아녀자의 본분을 지키느라 그랬으리라 혼자 생 각하며 흡족해했다. 그럴수록 애틋한 마음이 커져 갔다.

참으로 꿈결 같은 시간이었다. 다만 김조순이 앞에 있어 한 마디 말도 걸지 못한 것이 못내 아쉬웠다. 그런데 초희와의 혼사라니. 고백건대 오매불망 바라기는 했으나 실제로 이루 어지리라고는 결코 생각해 본 적이 없었다. 그런데 초희와의 혼사라니!

"왜 저에게 호의를 베푸시는 것입니까?"

"그걸 모르겠는가?"

"말씀해 주십시오."

"인재가 필요하네. 내 사람이 필요하단 말일세. 지금 조선 은 경주 김씨의 천하지만 곧 안동 김씨의 천하가 될 것이야. 그때를 대비해 미리 준비를 해 둬야 하네."

"스승을 배반하는 자를 어찌 인재라 하겠습니까."

"실용 앞에서 의리를 논하고 싶지는 않네. 판단은 자네가 하게."

"시간을 주십시오."

"시간이라. 나라면 내 마음이 변하기 전에 당장 받아들이겠 네."

"분명 제게는 과분한 제의입니다. 그러나 제 일생이 걸린 문제입니다."

"연암을 떠나기가 그렇게 어려운가? 도대체 그에게 글 쓰는 기술 말고 또 뭐가 있는가?"

"그건… 그렇게 말씀하지 마십시오."

"마지막일세. 열흘을 주겠네. 열흘이 지나면 나도 자네를 포기하겠네."

가시방석에 앉아 있는 느낌. 지금 지문의 상황이 그러했다. 오만 가지 생각이 뒤엉켜 머리가 지끈거렸다. 밥을 먹어도 입맛이 없고, 잠도 오지 않았다.

김조순에게 다녀온 지 벌써 이레가 지났다. 이제 남은 시간은 사흘뿐이었다. 지문은 그 시간 동안 자신의 운명을 결정해야 했다. 아버지라도 찾아가 속 시원히 털어놓고 의논을 하고 싶었다. 그러나 사실 두려웠다. 연암의 집을 나서는 순간 발걸음이 저절로 김조순의 집으로 향할 것 같았다.

연암은 여전히 지문을 외면했다. 사실 그 점 때문에 지문은 더욱 괴로웠다. 연암은 분명 지문이 김조순을 만나고 돌아온 사실을 알고 있을 터였다. 그러면서도 아무런 내색을 하지 않고 있는 것이었다. 그 역시 지문 스스로 결단을 내려야 한다는 표현에 다름 아니었다.

초희와의 혼인이라니. 꿈에도 상상하지 못했던 일이었다. 붉은 까마귀는 하늘이 내려 준 계시였을까. 머릿속에서 까마귀가 불처럼 타올랐다.

그러나 이대로 연암을 떠날 수는 없었다. 이제 떠나면 다시는 연암을 보지 못할 터였다. 또한 연암이 낸 마지막 문제가 발목을 붙잡았다. 연암이 마지막이라며 그 같은 문제를 낸 데는 나름의 이유가 있었으리라.

김조순은 지문의 글 솜씨가 충분히 훌륭하다고 했지만 연암은 아직 부족하다고 했다. 대체 뭐가 모자라다는 것일까? 답답했다. 그것을 알기 위해서는 반드시 문제를 풀어야 했다. 그렇지만 지금 같은 복잡한 상태로는 도무지 문제를 풀 자신이 없었다.

그날 하루를 꼬박 고민을 거듭하며 지새운 뒤 지문은 마침내 연암을 만나기로 결심했다. 방문을 두드렸다.

"무슨 일이냐?"

연암이 감정 없는 목소리로 말했다. 지문은 더 불안해졌다.

"김조순 대감을 만났습니다."

"그래서?"

"대감께서 제가 쓴 과문을 칭찬하셨습니다."

"그랬구나."

"또한 성인의 도리나 경세와 관련된 글을 써야 한다고 말씀하셨습니다."

"풍고다운 조언이로고."

"또… 선생님을 떠나 대감께 오라고 말씀하셨습니다."

"그런데?"

"그러니까…."

"그 이야기를 내게 하는 이유가 무엇이냐? 벌써 결정을 했으니까 내게 온 것이 아니더냐?"

"그건 아닙니다."

"그전에 하나만 묻겠다. 문제는 풀었느냐?"

"아직 풀지 못했습니다."

"그렇다면 더 할 말도 없다. 문제를 풀지 못하면 어차피 내 곁을 떠나야 할 터. 잘되었구나. 아무렴, 조선 최고 권력자의 눈에 들었으니 잘된 게지."

"그런 게 아닙니다."

지문은 자기도 모르게 언성을 높였다.

연암이 매섭게 지문을 쳐다보았다.

"그런 게 아니라고? 그런 놈이 한양에 오자마자 김조순을 찾아갔더냐?"

"어떻게 그걸…."

"네가 한양에 온 그날 나는 김조순의 집에 있었느니라."

지문은 아무 말도 할 수 없었다. 김조순은 참으로 무서운 사람이었다. 그는 그날 지문을 만나는 내내 아무런 내색도 하지 않았다.

지문은 미안하고 부끄러웠다. 제 딴에는 비밀이라 생각했는데 그 비밀이 공공연한 사실이었다. 지문만 몰랐던 것이다.

연암이 엄하게 질책했다.

"김조순한테 무엇을 기대하느냐? 글쓰기도 어느 정도 익혔다 싶으니 이제 네 앞날을 보장해 줄 사람을 찾아야겠다고 생각한 것이냐?"

"말씀이 지나치십니다."

"그렇다면 제대로 골랐다. 김조순은 세도가이기는 하지만 생각이 꽉 막혀 있지는 않다. 내 옆에서 시간 허비하지 말고 어서 가거라. 가서 과거에 응하고 몰락한 가문도 일으켜 보거라."

"그런 게 아닙니다."

"도대체 너라는 놈은…. 나는 지금도 하루에 열 번도 더 후회한다. 처음부터 너를 받아들이는 게 아니었어. 너를 처음 봤을 때부터 그 가벼운 언행이 마음에 걸렸다. 아비를 닮아 사람을 배신할 놈이라는 사실을 진즉에 알아봤어야 했어."

지문은 대꾸를 하려다 말고 입을 다물었다. 연암이 거침없이 쏟아 내는 비난을 묵묵히 받아들였다.

갑자기 언성을 높여서일까, 연암이 심하게 기침을 해 댔다.

지문은 더욱 미안해졌다.

연암은 수건으로 입가를 닦은 뒤 허공을 올려다보았다. 지문이 전에는 본 적이 없는 망연한 눈빛이었다. 가슴이 무너져 내리는 듯했다.

잠시 후 연암이 천천히 입을 열었다.

"네 아비를 다시 보고 싶구나. 그 이유를 짐작하느냐?"

"모르겠습니다."

"한바탕 욕을 퍼부어 주려고 그런다. 자식 놈이 잘못되는 것은 다 아비 탓이다."

"아버지를 욕하지는 마십시오."

"내 평생 하고 싶은 말을 하지 않고 살지 않았다. 네 아비에게도 마찬가지니라. 볼 수 없다면 편지를 보내서라도 욕하고 비웃을 것이다."

연암은 노골적으로 지문을 비웃었다. 지금껏 한 번도 보지 못했던 모습이었다.

지문은 가슴이 저려 왔다. 파국이 바로 눈앞에 있었다. 연암은 아버지까지 싸잡아 경멸하고 있었다. 그럴 만하다고 생각했지만 막상 당하고 보니 싫었다. 아버지는 아버지였다. 사람으로 세상을 살면서 누구나 잘못은 범할 수 있다. 그러니 사람인 것이다. 과거의 일을 아직까지 마음에 담아 두고 있다니, 비루하고 옹졸하다 싶었다. 지금 연암의 모습은 연암을 물고 늘어졌던 유한준과 다를 바 없었다.

"솔직하게 말씀드리지 못한 데 대해서는 사죄를 하겠습니다. 하지만 사내대장부로 태어나 과거 급제를 꿈꾸는 것이 그렇게 잘못된 것입니까?"

"내가 그걸 다시 설명해야 하느냐?"

"선생님께서 과거를 포기하신 이유를 알고 있습니다."

"뭐라고?"

"선생님께는 이희천이라는 둘도 없는 벗이 있었지요. 그런데 그 벗이 참형을 당해 죽었습니다. 나라에서 금지한 책을 소지하고 있었다는 것이 죄목이었지요."

"그만하거라."

"아니요. 해야겠습니다. 선생님께서는 그전까지 열심히 과거를 준비하셨지요. 하지만 친구분이 그런 일을 당한 뒤부터는 아예 은둔해 사셨습니다. 이해할 수 있습니다. 하지만 얼마 안 되어 영조 임금께서 형벌이 가혹했다며 이희천의 가족을 사면하셨습니다. 그것은 이희천의 죄가 잘못되었다는 것을 인정한 것이나 다름없었지요."

"그만하라니까."

"그런 상황이면 선생님께서는 과거에 응해야 하지 않았을까요? 임금께서 잘못을 인정했는데도 변함없이 과거에 응하지 않은 진짜 이유는 무엇입니까? 그것이 선비의 적절한 처신이었습니까?"

"네놈이 참으로 지독하구나."

"왜 세상과 맞서지 않으셨습니까? 왜 방에 틀어박혀 글만 쓰셨습니까? 세상이 두려우셨습니까? 문체반정만 해도 그렇습니다. 정조 임금께서 《열하일기》를 비판하셨을 때 왜 떳떳이 의견을 밝히지 않으셨습니까? 자송문만 안 썼다 뿐이지 사실 항복한 것이나 매한가지지요. 선생님의 글이 옳다고 믿으셨다면 그냥 있어서는 안 되는 것 아니었습니까? 아하, 그럴 수도 있겠군요. 은둔하면 할수록 이름이 높아지는 것, 혹 그런 유명세를 바라셨습니까?"

"도대체 그런 이야기들을 누구에게 들었느냐?"

"김조순 대감입니다."

"네가 문장을 생각하는 정도가 고작 그것밖에 안 되었단 말이냐? 문장이 이름을 날리는 데 쓰는 도구라고밖에 생각이 못 미치더냐?"

"그것밖에라니요? 그럼 또 무엇이 있습니까?"

"정녕 모른단 말이냐?"

"저는 모르겠습니다."

"너 같은 놈을 제자로 두었다니 내 자신이 정말로 부끄럽구나. 그만 가거라."

지문은 어금니를 꽉 깨물었다. 연암과 이렇게 끝날 줄은 꿈에도 생각지 못했다. 지문은 연암에게 절을 올렸다. 그러나 연암은 고개를 돌려 절을 받지 않았다. 상관없었다. 어차피 마지막이다. 앞으로 더 이상 얼굴을 볼 일은 없을 것이다.

연암은 아직도 화가 다 풀리지 않았는지 밖으로 나가는 지문을 향해 소리를 질렀다.

"가거라, 가! 다시는 내 눈 앞에 얼씬하지 마라! 이….."

방 안에서 쿵하는 소리가 났다. 문밖에 서 있던 종채가 서둘러 안으로 들어갔다. 지문은 잠시 멈춰 섰으나 그대로 걸음을 옮겨 나가 버렸다.

진심

재회

책은 그렇게 끝이 났다. 심란한 결말이었다. 종채는 책을 덮고 담뱃대에 불을 붙였다. 담배 연기를 길게 내뿜으며 머릿속 생각을 정리하려 애썼지만 뜻대로 되지 않았다. 몇 가지 서로 다른 가능성들이 머릿속을 어지럽게 날아다닐 뿐이었다. 어차피 혼자서 결론을 내리기는 불가능했다. 지문이 밤에 찾아오겠다고 했으니 만나서 직접 자초지종을 듣는 게 나으리라.

사실 종채는 지문을 아주 잘 알지는 못했다. 집 안에서 몇 번 마주쳤고, 서너 번 정도 의례적인 대화를 나눈 것이 전부였다. 그 시절 지문은 무언가에 홀린 듯했다. 아버지에게 들었던 이야기도 있고 해서 친해지고 싶었지만 다가서기가 쉽지 않았다. 그러던 중 지문이 떠난 것이다.

그 뒤로 아버지는 건강이 급격하게 나빠졌고, 얼마 후에는 중풍으로 몸이 마비되는 지경에 이르렀다. 지문에 대한 애정이 생각보다 깊었다는 것도 그즈음 알게 되었다. 말도 제대로 못 하면서도 아버지는 며칠에 한 번씩 꼭 지문의 소식을 물었다. 종채가 아는 것이라고는 지문이 그렇게 떠난 뒤 한양에서 완전히 사라졌다는 것뿐이었다.

하지만 아버지는 좀처럼 믿으려 하지 않았다. 이상하리만치 지문이 다시 찾아오리라고 철석같이 믿었다. 그러나 아버지가 돌아가시는 순간까지 지문은 나타나지 않았다.

그것은 여태껏도 마찬가지였다. 종채는 지문이 여러 가지 사정으로 한양을 떠났고, 그 뒤로는 아버지를 깨끗이 잊었으리라 짐작했다.

그때 청지기가 들어왔다.

"손님이 오셨습니다."

드디어 기다리던 순간이 왔다. 종채는 아무렇지 않은 듯 입술을 깨물었지만 얼굴에는 놀라고 당황한 기색이 역력했다.

문을 열고 한 남자가 들어왔다. 비록 차림이 남루하고 텁수룩한 수염이 낯설었지만 종이를 벨 듯한 칼귀와 얇은 입술, 빠른 하관까지 모두 낯이 익었다. 한눈에 그를 알아볼 수 있었다. 지문이었다.

종채는 오랜 친구를 다시 만난 듯 지문에게 다가가 두 손을 마주 잡았다.

"자네, 정말 오랜만일세. 그동안 무고했는가?"

"염려해 주신 덕에 큰 탈 없이 잘 지냈습니다."

"이럴 게 아니지. 어서 안으로 들게나."

"함께 온 사람이 있습니다."

지문이 흐흠 하고 헛기침을 하자 한 여자가 들어왔다. 여자
가 장옷을 벗고 고개를 숙여 인사를 했다.

"이연수라고 합니다."

"부인이신가?"

종채가 지문을 향해 물었다. 대답은 연수가 했다.

"아닙니다. 벗입니다. 저는 초정 선생님께 글을 배운 인연
이 있습니다."

"연수…."

이름이 낯익었다. 곧 그가 누구인지 알아보았다. 연수는 책
에서 본 초정 박제가의 제자였다. 그럼 초정과의 일 또한 사
실이었던 것이다.

종채가 곰곰 생각하는 동안 지문과 연수는 말없이 서 있었
다. 종채는 그제야 재빨리 주인의 예를 갖추었다.

"아버지의 제자에, 초정 선생님의 제자까지 보다니 오늘은
정말 좋은 날이로세. 어서들 안으로 드시지요."

종채는 아버지를 닮아 소박했다. 살림도 사람을 닮아 소박했다. 사랑에서 가장 눈에 띄는 것은 '인순고식 구차미봉因循姑息. 苟且彌縫'이라고 쓴 병풍이었다. 지문이 오래 병풍을 눈으로 읽는 것을 보고 종채가 입을 열었다.

"아버지께서 만년에 가장 사랑하셨던 글귀일세."

"낡은 인습에서 벗어나지 못하고 눈앞의 편안함만 좇으며 임시로 변통하려 하는구나."

"천하만사가 이 여덟 글자에서 비롯된다고 말씀하셨네."

"저를 두고 하신 말씀 같습니다. 저는⋯."

지문이 말을 채 끝맺지 못하고 울먹였다. 아무도 그를 말리지 않았다. 혼자 감정을 수습하도록 내버려 두었다. 그래야만 할 것 같았다. 한참 후에야 지문이 다시 말을 이었다.

"저는 선생님의 임종도 지키지 못한 못난 제자입니다. 저를 이렇듯 따뜻하게 맞아 주시니 더욱 몸 둘 바를⋯."

거기까지가 한계였다. 이야기를 먼저 듣는 것이 도리였겠으나 종채는 더 이상 궁금증을 참을 수가 없어 지문의 말을 중간에서 끊었다.

"자네가 준 책을 다 읽었네. 대체 이 책을 왜 썼는가?"

"선생님께 바치는 책입니다. 용서를 빌기에도 민망한 큰 죄를 저질렀습니다. 어리석게도 그때는 그것이 죄인 줄도 몰랐습니다. 그동안 이 책을 쓰면서 참회를 했습니다."

"이해할 수 있네. 자네가 겪었을 고통은 충분히 짐작이 가네. 그러니 이제 그만 고통을 떨쳐 내고 편해지게나."

"고맙습니다. 혹시 선생님께서 유언을 남기셨는지요?"

"깨끗이 목욕시켜 달라는 말씀뿐이었네."

지문은 말없이 고개를 끄덕였다.

종채가 머뭇거리다가 헛기침을 한 뒤 말을 이었다.

"궁금한 게 있네."

"말씀하십시오."

"이 책을 다른 사람에게도 보냈나?"

"오직 이 한 권뿐입니다."

"필사한 것도 없는가?"

"없습니다."

"알았네. 그런데 이 책에 있는 내용이 다 사실인가?"

"그렇습니다."

"그렇다면 도무지 이해할 수 없는 부분이 있네. 여기를 좀 보게나."

종채는 아버지의 유고 더미에서 찾아낸 글 몇 편을 지문에게 보여 주었다. 지문이 책에서 자신이 썼다고 밝혔던 글들이었다. 글들을 살펴보는 지문에게 종채가 말했다.

"아버지의 유고일세."

"…."

"아버지가 남긴 글들이란 말일세. 평생 아버지께서 쓰시고 간직해 오셨던 글들. 자, 이제 내가 말한 바를 짐작하겠지."

지문이 촉촉이 젖은 눈으로 종채를 쳐다보았다. 종채가 어깨를 으쓱하자 지문은 고개를 떨구었다. 잠시 후 고개를 들었을 때에는 그는 뜻밖에도 웃고 있었다.

"형님, 조금 전에 이 책에 있는 내용이 다 사실이냐고 물으셨지요?"

"그랬지."

"제가 대답을 바꾸어야 할 것 같습니다. 이 책은 사실이자 사실이 아닙니다."

"그런 말이 어디 있는가?"

"혹시 소설을 읽어 보셨습니까?"

"읽었다마다. 아버지도 소설을 여러 편 남기셨으니까."

"그러면 아시겠군요. 바로 소설입니다. 이야기를 있을 법하게, 그럴듯하게 꾸미는 것이지요. 그래서 읽는 자가 사실인가 보다 하고 깜빡 속아 넘어가게 됩니다."

"그렇다면 이 책이 소설이란 말인가?"

"그렇습니다. 저는 소설가입니다."

"그렇다면 이 소설에 나오는 글들은 자네 것인가, 아버지의 것인가?"

"소설가는 이야기를 꾸며 낼 뿐입니다."

"명확하게 이야기하게. 그래야 세상에 떠도는 소문을 잠재울 수 있네. 이 글들이 아버지가 쓴 것이 분명하지?"

"네."

"그럼 다행일세. 그 때문에 얼마나 속앓이를 했는지…."

종채는 이제야 마음이 놓이는지 몸을 편하게 바꿔 앉으며 긴 숨을 내쉬었다.

"그래, 소설가가 되었다고? 아무튼 잘 되었군. 하나만 더 물어도 되겠는가?"

"물어보십시오."

"한양을 떠난 뒤 어찌 세월을 보냈는가? 갑자기 소식이 끊겨 많이 궁금했다네."

"전국을 떠돌아다녔습니다. 아무런 생각도 목표도 없이 살았습니다. 그러던 어느 날 우연히 주막에서 《서상기》를 보았지요. 아버지가 늘 곁에 두고 읽던 소설이었습니다. 그것을 읽는 순간 아버지가 왜 그토록 《서상기》에 매달렸는지 알게 되었습니다."

"《서상기》라면 장생과 앵앵의 사랑 이야기가 아니던가?"

"그렇습니다. 온갖 어려움을 이겨 내고 두 사람이 사랑의 결실을 맺는 이야기지요. 아버지는 《서상기》를 읽으면서 당신의 욕심 때문에 세상을 버렸던 어머니에게 용서를 구하고, 지나간 세월을 참회하고, 어머니를 그리워했던 겁니다."

"그렇겠군, 그래."

"그 길로 연암협으로 돌아갔습니다. 그때부터 낮에는 농사를 짓고 밤에는 소설을 쓰기 시작했습니다."

"그런 사연이 있었구먼. 아무튼 소설가들이 꽤 인기를 끄는 세상이 되었지. 자네는 좀 어떠한가?"

"그저 아버지께 보여 드리고 즐거워하시는 것을 보는 게 낙입니다."

"세상에 발표한 소설은 있는가?"

"글쎄요, 솜씨가 워낙 시원치 않아서요."

"아닐세. 자네의 책, 그러니까 이 소설은 참으로 대단했네. 마치 속내를 그대로 들여다보는 듯 생생했네."

"송구스럽습니다."

"정말 다행이야. 나는 그런 줄도 모르고 책을 읽는 내내 아버지가 남긴 유고의 진위에 대해 걱정을 했다네."

"그러셨군요."

"기왕 말이 나왔으니 한 가지만 더 묻지. 책에 나오는 과문도 분명 아버지께서 쓰신 게지?"

"그렇습니다."

"정말 다행이야."

종채는 기분이 좋아졌다. 아버지의 글을 정리하고 글을 쓰려고 마음먹었던 이후 내내 가슴을 무겁게 짓누르던 체중이 한꺼번에 내려가는 듯했다.

지문이 다시 입을 열었다.

"지난 십 년을 매일같이 선생님께 사죄하는 마음으로 살았습니다. 이 소설을 마치고 나니 비로소 조금이나마 죗값을 치른 것 같습니다."

"용서하고 말고 할 게 뭐 있나. 그러니 이 소설을 세상에 퍼뜨리게나. 단, 서문에 이 글에 나오는 글들을 모두 아버지가 지으셨다는 문구만 넣어 주게."

"책은 한 권뿐이니 형님께서 알아서 하십시오."

"자네의 뜻이 정 그렇다면 그 일은 내가 맡겠네. 그리고 더 이상 지난 일에 마음을 두지 말게나. 자네의 진심을 알았으니 이제 되었네."

"고맙습니다."

지문이 그만 일어나려 하자 종채가 그를 붙잡았다.

"잠깐만. 한 가지만 부탁하세."

"말씀하십시오."

"궁금해서 묻는 말일세. 혹 아버지께서 내셨던 마지막 문제, 그러니까 사마천의 마음에 대한 글을 마쳤는가?"

"아, 그것이라면… 썼습니다. 짧은 글인데도 쓰는 데 제법 시간이 걸렸습니다."

"실례일지 모르겠지만, 그 글을 보고 싶네."

"어렵지 않습니다."

지문은 종채에게 지필묵을 빌려 단숨에 글을 써 내려갔다. 지문이 다 쓴 글을 종채에게 넘겨주었다. 종채가 큰 소리로 글을 읽기 시작했다.

어린아이들이 나비 잡는 모습을 보면 사마천의 마음을 간파해 낼 수 있다. 앞다리를 반쯤 꿇고, 뒷다리는 비스듬히 발꿈치를 들고서 두 손가락을 집게 모양으로 만들어 다가가는데, 잡을까 말까 망설이는 사이 나비는 그만 날아가 버린다. 사방을 둘러보아도 사람이 없기에 어이없이 웃다가 얼굴을 붉히기도 하고 성을 내기도 한다. 이것이 바로 사마천이 《사기》를 저술할 때의 마음이다. [14]

"역시 기대했던 대로일세. 참으로 훌륭한 글이네. 글을 쓰는 사마천의 미묘한 마음, 그 분발심을 이보다 잘 표현한 글이 또 있을까 싶으이."

"과찬이십니다."

"아버지께서 정말 기뻐하시겠네."

"글쓰기에서 가장 중요한 것은 바로 글의 힘을 믿는 것입니다. 왜 글을 쓰게 되었는지 잊지 않고 모든 기쁨과 분노와 슬픔을 글에 쏟아 붓는 것입니다. 그런 마음 없이 쓴 글은 모두 헛것입니다. 그런 마음이 없다면 한순간 방향을 잃고 헤매게 되지요."

"귀한 깨달음일세."

"연암 선생님이 아니었다면 미욱한 제가 어찌 이런 깨달음을 얻었겠습니까."

"그렇게 말해 주니 고맙네. 아버지께서 진정으로 기뻐하실 걸세."

이야기는 얼추 마무리된 것 같았다. 연수가 지문의 옆구리를 살짝 찔렀다. 지문이 알았다는 듯 고개를 끄덕였다.

"밤이 깊었습니다. 저희는 이만 물러가겠습니다."

아닌 게 아니라 붙잡기에는 시간이 너무 늦어 있었다. 이야기에 정신을 뺏겨 시간 가는 것도 잊고 있었다.

"그러게나. 오늘은 경황이 없어 술도 한잔 대접하지 못했네 그려. 앞으로는 자주 보세."

"그러겠습니다. 그리고 이것."

지문이 품 안에서 책 한 권과 종이 뭉치를 꺼내 내밀었다. 책의 제목을 보고 종채가 눈을 휘둥그렇게 치켜떴다.

"이건 그 유명한 소설 《문생전》 아닌가?"

"아시는군요."

"알다마다. 정말로 읽고 싶었는데 도무지 구할 수가 있어야지. 서쾌들이 얼마나 값을 높이 부르는지 원."

"저희도 어렵게 구했습니다. 여기에는 문생이 조강지처와 재결합한 뒤의 이야기까지 나와 있어 더 좋습니다."

"뒷이야기가 있었던가?"

"워낙 인기라 사람들이 뒷이야기를 써 달라고 성화였다고 합니다. 곧 서쾌들이 들고 다닐 것입니다."

"아무튼 고맙네. 그리고 이 종이 뭉치는 무엇인가?"

지문이 망설이는 기미를 보이자 연수가 나서서 말했다.

"어르신께서 읽은 소설은 사실 끝난 것이 아닙니다. 여기에 소설의 마지막 내용이 있습니다.

"그렇다면 이야기가 더 있단 말인가?"

"너무도 부끄러운 부분이라 빼 버렸습니다만 아무래도 형님께는 보여 드려야 할 것 같아서요. 마지막까지 머뭇거리다가 여기 오기 조금 전에야 결정을 내렸습니다."

"잘 읽어 보겠네."

지문과 연수가 나란히 인사를 하고 돌아갔다. 종채는 서둘러 종이 뭉치를 펼쳤다. 사실 갑작스럽게 나타난 지문이 어떻게 연수와 함께인지 매우 궁금했다. 그리고 지문이 왜 김조순의 권유를 거절했는지도 알고 싶었다. 종채는 마른침을 삼킨 다음 글을 읽기 시작했다.

나비를
잡는 순간

지문을 맞이한 것은 김조순의 하인이었다. 하인은 미리 무슨 이야기를 들었는지 아무것도 묻지 않고 지문을 사랑채로 안내했다. 지문은 긴장한 탓에 온몸이 뻣뻣했다.

그때 지문은 뜻밖의 사람과 마주쳤다. 중현이었다. 중현이 눈을 가늘게 뜨고 미간을 잔뜩 찌푸린 채 쳐다보다가 지문을 알아보고 묘한 웃음을 지었다.

"너를 여기서 또 보게 되는구나."

"네가 왜 여기에 있지?"

"보다시피 난 식객이다."

"도대체…."

"도대체 어떻게 된 거냐고 묻고 싶겠지? 경주 김씨의 끄나풀이었던 내가 어떻게 김조순 대감의 집에 있는 건지. 그 사정을 말해 주지. 대감은 과거사에 연연하시는 분이 아니다. 앞으로 대감만을 위해 일하겠다고 했더니 지난 일은 다 용서하고 나를 받아 주셨어. 인재를 알아보는 훌륭한 분이시지.”

지문은 할 말을 잊고 말았다. 중현은 그런 지문을 향해 독설을 던졌다.

“그래도 너란 놈은 연암 선생님을 배반하지 않을 줄 알았다. 세상이 어째 이 모양인지, 쯧쯧. 네 아버지가 갔던 길을 결국 네놈도 가는구나.”

“말조심해.”

“말조심? 나더러 벌레나 좇는 개구리 같은 인간이라고 했던 말을 벌써 잊은 건 아니겠지? 이제 누가 개구리인 줄 네놈이 더 잘 알겠군.”

변명할 힘도 없었다. 지문은 그 자리에 털썩 주저앉고 말았다. 지문은 그제야 자신이 얼마나 큰 잘못을 저질렀는지 깨달았다.

‘어떻게 내가 감히 선생님께 그런 모진 말을 퍼부었을까?’

지문은 간신히 몸을 추슬러 밖으로 나왔다. 중현이 낄낄거리고 웃어 댔다. 멀어져 가도 그 웃음소리가 길게 따라왔다. 귀를 틀어막았지만 소용없었다.

아예 달리기 시작했다. 그러나 아무리 빨리 달려도 중현의 웃음소리는 사라지지 않았다. 아예 지문의 몸에 달라붙어 버린 듯했다. 지문은 뜀박질을 멈추고 손으로 온몸을 탁탁 털었다. 소용없었다. 털어 내면 낼수록 웃음소리는 더더욱 커졌다.

지문은 미친 듯이 소리를 지르며 땅바닥을 뒹굴었다. 땅바닥에 있던 온갖 이물질이 입안으로 들어왔지만 개의치 않았다. 더러운 것은 이물질들이 아니라 지문 자신이었다. 중현의 웃음소리는 그러한 지문을 노려보며 계속 낄낄거렸다.

멀리서 아이들이 떠드는 소리가 들리는 듯하더니 금방 가까워졌다. 그제야 지문은 눈을 떴다. 몸을 일으켜 나무 기둥에 등을 기대고 앉아 망연한 눈으로 아이들이 노는 모습을 바라보았다.

"나비다, 나비야."

아이들 서너 명이 나비를 쫓고 있었다. 아이들은 뭐가 그리 신나는지 계속 키득거렸다. 낯설지 않았다.

'나도 어릴 적에는 저 아이들과 같았을 테지. 세월 참 빨리도 흘렀네.'

어린 지문과 지금의 지문은 전혀 다른 사람 같았다. 지금의 지문에게 동심은 없어 보였다.

그때였다. 공중을 날던 나비가 지쳤는지 호박꽃에 내려앉았다. 까르르 웃고 떠들던 아이들이 일제히 숨을 죽였다. 아이 하나가 살금살금 나비를 향해 다가갔다. 행여나 작은 소리라도 날까 싶어 발꿈치를 살짝 든 채였다. 아이는 엄지와 검지를 집게처럼 좁게 벌렸다.

나비는 그런 아이의 움직임을 하나도 놓치지 않은 듯, 아이의 손가락이 날개에 닿기 직전에 사뿐히 날아올랐다. 그러고는 아이를 놀리려는 듯 호박꽃 주위를 선회했다. 나비를 잡으려던 아이가 "아!" 하고 탄식하더니 숨죽이고 지켜보고 있던 다른 아이들을 향해 웃어 보였다.

그때 아이의 얼굴에 가득했던 그 웃음을 어떻게 표현할 수 있을까. 안타까움과 아쉬움, 그리고 미묘한 분노가 함께 깃들어 있었다.

지문은 자리에서 벌떡 일어났다. 바로 그것이었다.

"그래, 사마천이 《사기》를 쓸 때의 마음이 꼭 저 아이와 같았으리라!"

사마천은 남자로서는 치욕적인 궁형을 당했다. 당시 궁형을 당하면 남자답게 자결하는 것이 관례였다. 그러나 사마천은 살아남았다. 대신 아버지의 유업을 이어 역사서를 쓰는 길을 택했다.

사람들은 그런 사마천을 한심하게 여겼다. 목숨에 연연해 남자답게 사는 길을 포기한 것이라 해석했다. 사마천은 사람들이 하는 말에 일절 변명하지 않고 《사기》를 집필하는 일에만 몰두했다. 그 긴 시간 동안 마음에는 온갖 감정이 교차하지 않았을까. 슬프고 화나고 부끄럽고 분하고 아쉬웠을 것이다. 하루에도 열두 번은 사람들에게 나아가 본마음을 해명하고 싶었을 것이다. 그러나 그는 모든 것을 참고 견뎠다. 지난한 시간을 홀로 외롭게 싸우며 드디어 《사기》를 완성했다.

《사기》를 읽고 감동하지 않은 이가 없었다. 그의 글에서 세상을 향한 직설적인 분노는 읽을 수 없었다. 그는 오직 유려한 문장으로 담담하게 세상사를 논할 뿐이다. 그럼에도 사람들은 《사기》를 읽으며 울고 웃고 감탄하고 비분강개했다.

사마천은 오랜 세월 동안 참고 견뎠던 슬픔과 분노, 수치심, 아쉬움 등을 온전히 글에 녹여 냈던 것이다. 한 번 뱉으면 사라지고 마는 말이 아니라, 지극한 진심으로 한 자 한 자 새긴 글로써 세상에 자신의 뜻을 증명했던 것이다.

아이들이 지문을 발견하고는 "와!" 하고 소리를 지르며 달아났다. 지문은 힘없이 주저앉았다. 하염없이 눈물이 흘렀다. 연암이 왜 그 같은 문제를 냈는지 비로소 알 것 같았다.

연암은 글 쓰는 사람의 자세를 알려 주려 했던 것이다. 세속의 명예나 이익이 아닌 순정한 마음으로 쓰는 글, 거짓된 소리가 아닌 진심으로 쓰는 글만이 세상과 맞설 수 있는 힘을 지니고 있음을 가르쳐 주려 했던 것이다. 그것이야말로 연암이 과거를 포기하고 평생토록 글을 쓰고 살면서 얻고자 바랐던 가치일 터였다.

이제 다 소용없는 일이 되고 말았다. 이미 연암을 배반하지 않았던가.

지문이 울먹이는 목소리로 시 한 수를 읊었다. 연암이 죽은 형님을 그리워하며 지은 시였다.

…

이제 형님 그리우면

어드메서 본단 말고

두건 쓰고 도포 입고 가서

냇물에 비친 나를 보아야겠네.

냇물에 비추어 보아도 자신의 모습은 보이지 않을 것만 같았다. 지문에게 냇물은 곧 연암이었다. 스승을 배반한 자가 무엇을 바랄 수 있겠는가.

그럼에도 지문은 계속 반복해서 시를 읊었다. 그렇게 읊고 또 읊으면 자신의 잘못이 깨끗이 사라지기라도 하는 양 지문은 계속 시를 읊었다.

비밀

종채는 힘없이 종이 뭉치를 덮었다. 어느새 눈시울이 붉어져 있었다. 아버지를 향한 그리움이 울컥 솟구쳤다.

지문이 마지막 글을 나중에 건넨 이유를 헤아릴 듯했다. 그는 이 글에서 매우 직설적으로 자신의 회한을 표현하고 있었다. 그런 글을 종채에게 내밀기까지 그는 고민을 숱하게 거듭했을 것이다.

종채는 다짐을 하듯 주먹을 살짝 쥐었다. 지문이 글로써 아버지에게 용서를 구했듯 이제 자신이 할 일도 명확해졌다. 아버지에 대한 온전한 글로 세상을 설득하리라.

종채는 지문에게 받은 《문생전》을 펼쳤다. 지금 한양은 온통 《문생전》으로 시끄러웠다. 글 아는 사람치고 《문생전》을 읽지 않은 이가 없었다. 글을 모르는 사람은 소설을 읽은 사람을 찾아가서라도 이야기를 듣곤 했다.

유행하는 정도에 비해 내용은 그다지 특별할 게 없었다. 문생이 조강지처를 배반했다가 우여곡절 끝에 다시 조강지처와 합치게 된다는 뻔한 이야기였다. 하지만 이야기를 풀어내는 솜씨가 기막히게 신묘했다. 《문생전》을 두고 조선의 《서상기》라 평하는 이들도 있었다.

종채도 전부터 《문생전》이 몹시 궁금했다. 하지만 높은 유명세만큼 값도 비싼 데다 주위의 눈치를 보느라 구하지 못하고 속만 태우던 차였다. 그런데 뒷이야기까지 나와 있는 책을 얻다니, 그야말로 횡재한 기분이었다. 아버지에 대한 글을 쓰는 틈틈이 머리를 식힐 겸 읽으면 좋을 듯했다.

종채는 소설을 건성으로 훑어보았다. 마지막 장에서 책장을 넘기던 손을 멈추었다. 기이문과 허목련이 저자로 되어 있었다. 특이하게도 《문생전》은 남녀로 짐작되는 두 소설가가 함께 쓴 대목이 있었다.

"기이문과 허목련이라 지문과 연수, 소설가. 그랬구나, 그랬어. 그걸 이제야 알게 되다니 나도 참. 허허."

종채는 그제야 빙긋이 웃었다. 자신의 눈치 없음을 탓했다.

통행금지를 알리는 인정 소리가 희미하게 들려왔다. 긴 하루였다. 그제야 피곤이 느껴졌다. 종채는 지문의 글에서 얻은 글쓰기의 법칙을 적고 오늘은 그만 쉬기로 했다.

사마천의 분발심을 잊지 말라.

여러 글쓰기 법칙 중에서도 이것이 가장 중요할 것이다.
글에 힘을 쏟지 않고 다른 것에 기대는 순간 글은 그 즉시
가치를 잃고 만다.

종채는 눈을 지그시 감고 오늘 깨달은 글쓰기의 여러 법칙
들을 다시 한번 되뇌어 보았다. 글쓰기의 원리부터 실전 수
칙, 나아가 글쓰기의 자세까지 아우르고 있었다. 막연했던 글
쓰기의 실체가 손에 잡히는 듯했다.

종채는 늘어지게 하품을 한 뒤 서안을 정리하고 자리에 누
웠다. 아버지 글의 진위 문제도 해결되었고, 글쓰기를 잘할
수 있는 비법들도 얻었다. 내일부터는 신명나게 글을 쓸 수
있겠다는 자신감이 들었다.

종채는 몸을 일으켜 담뱃대에 불을 붙였다. 가슴 가득히 번
지는 담배 맛이 기가 막혔다.

담배 맛을 음미하며 마당에 내려섰다. 달빛도 별빛도 유난
히 밝아 보였다. 새삼스럽게 만감이 교차했다. 이제 글을 마

친 뒤 지문의 책과 함께 세상에 널리 알리면 아버지를 둘러싼 모든 논란은 해결될 것이다.

그러나 기쁨은 잠시뿐이었다. 갑자기 불길한 기분이 엄습했다. 미처 깨닫지 못한 사실 하나가 번갯불처럼 번쩍 떠올랐기 때문이다.

〈사마천의 마음〉. 이 글은 분명 지문이 썼다. 지문이 확인해 주었으므로 누구도 부인할 수 없는 사실이다. 그렇다면 나머지 글들은? 지문은 자신의 글이 소설일 뿐이라고 말하지 않았던가. 아버지의 글을 자기가 쓴 것처럼 꾸몄다고 하지 않았던가. 과연 그 말이 진실일까? 혹시 원래 지문의 글이었던 것은 아닐까? 지문이 아버지의 명성에 흠이 될까 봐 거짓말을 한 것은 아닐까? 자신을 희생함으로써 세상의 소문을 잠재우려 한 것은 아닐까?

머릿속이 어지러워졌다. 명백해졌다고 생각했던 일들이 다시 복잡하게 뒤엉켜 버렸다. 어디까지가 소설이고 어디까지가 현실인지 도무지 분간이 되지 않았다. 지문과 아버지 사이 그 어디쯤에 진리가 있어야 하건만 아무리 고민해 보아도 그 실체를 확인할 수 없었다. 종채는 방으로 들어가 하루 종일 붙들고 있었던 지문의 책을 다시 펼쳤다. 아무래도 오늘밤 잠들기는 틀린 듯했다.

종장

종채는 며칠 뒤부터 그동안 망설였던 아버지의 행적을 글로 남기는 작업을 시작했다. 당연히 그동안 익힌 글쓰기 비법들이 큰 도움이 되었다.

물론 작업이 마냥 쉬웠던 것은 아니다. 아는 것과 쓰는 것은 엄연히 달랐다. 아는 것으로는 뼈대 몇 개를 세울 수 있었다. 그 뼈대들도 중요했지만 나머지 뼈대들과 살을 채우는 것은 결국 종채의 몫이었다.

평소 종채는 조금 게으르고 느린 편이지만 이번 일만큼은 전력을 다해 매달렸다. 그래도 쉽지는 않았다. 몇 년이 걸려서야 아버지의 행적을 오롯이 담아낸 글을 완성할 수 있었다.

이제 서문만 남았다. 내용은 명확했다. 아버지의 행적을 글로 남기게 된 이유와 지문의 소설을 소개하면 되었다. 이로써 세간에 떠도는 의혹을 모두 없앨 수 있을 터였다.

하지만 막상 서문을 완성해 놓고 보니 지문의 소설이 마음에 걸렸다. 못 미덥고 형편없어서가 아니었다. 소설은 훌륭했다. 아버지의 글에다가 자신이 기억하는 아버지의 모습을 회상해 쓴 자신의 글에 비하면, 지문의 소설은 문장도 매끈하고 논리도 정연하고 긴장감도 있었다.

자신의 글이 일종의 부연 설명같이 느껴졌다. 세상 사람들을 설득하는 데는 효과가 있겠지만 어쩐지 자신이 해야 할 일을 지문에게 맡기는 듯한 기분이 들었다.

종채는 마침내 결단을 내렸다. 아버지의 글과 자신이 회상한 아버지의 모습, 그것만으로 승부하는 것이 옳으리라. 사람들이 자신의 글을 읽고도 아버지를 제대로 이해하지 못한다면 더 이상 어쩔 수 없는 것이다. 자신의 글이 사람들의 진심에 가닿지 못했다는 뜻이므로 모든 책임은 자신이 져야 마땅하리라.

종채는 지문의 소설을 책장에 올려놓았다. 방금 전에 완성한 서문을 찢고 새로 쓰기 시작했다.

서문

아아! 외삼촌 지계공(이재성)께서 작고하신 후로는 아버지의 지장誌狀을 부탁드릴 분이 없었다. 그래서 내가 아버지께서 남기신 자취를 모아서 후손에게 전하고자 하나, 생각건대 식견이 낮고 문장은 짧으며 보고 들은 일 가운데 잊어버리거나 빠뜨린 게 많다.

일찍이 옛사람이 자기 부친에 대해 쓴 글, 이를테면 소백온의 《문견록》이나 여씨의 《가숙기》 등을 읽어 보니 자잘한 일이라도 버리지 않고 모두 기록하였는데, 고인의 모습을 상상하기에는 근엄한 글보다 도리어 나았다. 이에 그것을 본떠 집필하여 조각 글이나 짧은 적바림이라도 쓰는 대로 다 모았으니, 마치 옛사람이 감나무 잎에다 글을 써서 항아리에 차곡차곡 모으듯 하였다. 이 일을 계유년(1813) 봄부터 시작했으니 이제 4년이 되는 셈이다. 마침내 번잡한 것을 깎아 내고 중복된 것을 없애니 2백여 조목이 남았다.

자못 들은 대로 기록하여 신중함이 결여된 듯도 하지만, 감히 함부로 덜거나 깎아 내지 않은 것은 아버지의 풍채와 정신이 오히려 이런 곳에서 잘 드러난다고 생각했기 때문이다. 읽는 사람들은 아무쪼록 너그럽게 헤아려 주길 바란다.

병자년(1816) 초가을에 불초자 종채가 울며 삼가 쓴다. [15]

작가 후기

하나, 연암 박지원은 탁월한 글쓰기 이론가다. 동시에 자신의 이론을 직접 글쓰기에 실천한 조선 최고의 문장가이기도 하다. 게다가 그의 이론과 문장은 오늘날에도 여전히 빛을 발하고 있다. 글쓰기에 대해 배울 스승으로 연암 선생을 모신 가장 큰 이유다. 이 책은 독자들이 훌륭하고 짜임새 있는 글을 쓰는 데 도움을 주기 위한 것이지만, 동시에 집필 과정 자체가 연암에게 글쓰기를 배우는 과정이었음을 고백한다.

연암 박지원의 글쓰기 방법론을 소설 형식으로 서술한 이 책의 서사는 역사적 사실과 꼭 일치하지는 않는다. 작품 속의 김지문과 몇몇 인물도 가공의 설정이다. 그러나 인용된 글들의 근거는 본문에서 짐작할 수 있도록 하거나 책 말미에 따로 정보를 붙여 알 수 있게 하였다. 사실과 허구의 결합이라는 측면에서는 요즘 유행하는 팩션faction이라 할 수 있다.

또한 연암의 문장론을 다루는 본격 소설이면서 동시에 실용적인 글쓰기 방법을 배울 수 있다는 차원에서는 '인문실용 소설'이라 부를 수도 있겠다. 인문과 실용은 다른 것이기는 하지만, 본래 대립적인 것은 아니라는 것이 필자의 생각이다. 우리는 연암이 법고와 창신을 대립으로 보지 않고 그 모두를 품어 안고 넘어서는 길을 택했듯이, 인문과 실용의 '사이'를 꿰뚫는 모험을 시도한 것이다.

소설의 구성이나 서술에 있어서도 이 책은 철저히 '연암 따라 하기'를 시도해 보았다. 그런 접근이 필자에게나 독자에게나 연암의 글쓰기를 잘 드러내고 제대로 배울 수 있는, 가장 연암다운 방법이라 생각했기 때문이다. 여러 의미에서 이 책은 연암에 대한 오마주인 셈이다.

둘, 이 책에 사용된 주요 글들의 출처는 책 뒤에 참고문헌으로 정리해서 붙였다. 책의 구상과 집필 과정에서 연암의 글쓰기 방법론의 논지를 확립하는 데에는 다음 책들의 도움이 컸음을 밝힌다. 저자분들께 깊이 감사드린다.

박수밀, 《박지원의 미의식과 문예이론》, 태학사

박희병, 《연암을 읽는다》, 돌베개

안대회 편, 《조선 후기 소품문의 실체》, 태학사

이지호, 《글쓰기와 글쓰기 교육》, 서울대 출판부

이현식, 《박지원 산문의 논리와 미학》, 이회 출판사

정민, 《비슷한 것은 가짜다》, 태학사

셋, 그럼에도 이 책에서 발견되는 실수와 허점들은 모두 필자들이 과문한 탓이다. 연암의 경구를 인용하는 것으로 후기를 마친다.

부모의 바람은 자식이 글을 읽는 것이다. 어린 아이가 글 읽으라는 말을 듣지 않고도 글을 읽으면, 부모치고 기뻐하고 즐거워하지 않는 자 없다. 아아! 그런데 나는 어찌 그리 읽기를 싫어했던고.

개정판 후기

연암 박지원은 글을 쓰는 인간이었다. 《열하일기》의 한 대목을 가져온다. 열하 방문을 마치고 돌아온 다음의 일이다.

여러 사람이 모두 내가 앉아 있는 오른쪽의 보퉁이를 힐끔거리며 속에 뭐가 들었나 생각하고 있는 모양이었다. 그래서 내가 창대에게 보따리를 풀어서 자세히 살펴보게 하였다. 특별한 물건은 없고 단지 지니고 갔던 붓과 벼루뿐이었으며, 두툼하게 보였던 것은 모두 필담을 하느라 갈겨 쓴 초고와 유람하며 적은 일기였다. 그제야 사람들은 궁금증이 풀렸다는 듯 웃으며 말했다.

"어쩐지 이상하다고 생각했지. 갈 때는 보따리가 없더니, 돌아올 때는 보따리가 너무 커졌다고 했지." - 〈환연도중록〉, 《열하일기》

조선 역사상 처음으로 열하를 방문하고 온 후였다. 보따리

안에 진귀한 물건이 들었으리라 짐작하는 것은 당연한 일, 그런데 보따리 안에 든 물건은 원고 더미뿐이었다. 사람들은 실망했지만, 아마 박지원은 항변하고 싶었을 것이다. 원고 더미야말로 자신에겐 보물덩어리였다고.

그랬다. 조금 과장하자면 중국을 방문한 박지원의 머릿속엔 온통 글 생각밖에는 없었다.

> 문자로 쓰지 못한 글자를 가슴속에 쓰고, 소리가 없는 문장을 허공에 썼으니, 그것이 매일 여러 권이나 되었다. … 말안장에 있을 때는 피로가 누적되어 붓을 댈 여가가 없었으므로, 기이한 생각들이 하룻밤을 자고 나면 비록 남김없이 스러지긴 했지만, 이튿날 다시 가까운 경치를 쳐다보면 뜻밖에 기이한 봉우리가 나타나듯 새로운 생각이 샘솟고, 돛을 따라 새로운 세계가 수시로 열리는 것처럼, 정말 긴 여정에 훌륭한 길동무가 되고 멀리 유람하는 길에 지극한 즐거움이 되었다. - 〈곡정필담〉, 《열하일기》

눈으로 보고 마음으로 느낀 모든 것을 글로 옮기고 싶은 열망이 손에 잡힐 듯 생생하다. 박지원식으로 말하자면 이국의 벌판과 하늘을 달리고 날아다니는 글들을 하나도 놓치지 않고 포획하려는 것이 중국 방문의 진정한 목적이었다.

그렇기에 《열하일기》는 장르의 집합소가 되었다. 여정의 기록과 필담은 기본이고, 철학적 논설, 도서 목록, 시, 심지어는 소설까지 망라되어 있다. 〈허생전〉과 〈호질〉이 《열하일기》에 수록되어 있다는 것은 다들 잘 알고 있을 터. 이렇듯 다양한 장르가 동원된 이유는 하나다. 포획물의 성격에 맞춰 글을 쓴 것이다.

《열하일기》의 형식이 얼마나 독특한 것인지를 알려면 흔히 북학파라 불리는 이들, 그중에서도 박지원의 글쓰기 동지였던 박제가와 이덕무의 중국 여행기를 살펴보면 되겠다. 박제가와 이덕무는 중국을 다녀온 후 각각 《북학의》와 《입연기》를 썼다. 《북학의》는 울분에 찬 논설에 가깝고 《입연기》는 매일의 일을 기록한 일기에 가깝다. 두 작품을 폄하하는 것은 아니지만 다양한 글쓰기 형식을 동원해 글을 풀어 가겠다는 야심은 전혀 보이지 않는다. 무엇이 《열하일기》와 이 두 작품의 차이를 만들었을까? 나는 이렇게 말하고 싶다.

연암 박지원은 글을 쓰는 인간이었다.

박제가와 이덕무도 글을 쓰지 않았느냐고 반문할 수 있겠다. 물론 그들도 글을 썼다. 다른 점이 있다. 박제가와 이덕무는 글을 쓰는 학자나 관리였다. 반면 박지원은 글을 쓰는 인간, 즉 작가였다. 훗날 먹고살 일을 해결하기 위해 관리가 되기는 했어도 일생 그의 마음을 사로잡았던 것은 글쓰기였다! 열혈 팬 유만주의 평대로 박지원은 '유희라는 것 하나를 평생의 공부'로 삼았다. 바꿔 말하면 유희의 정신으로 글을 썼던 것!

이야기가 길어졌다. 결론은 간단하다. 글쓰기 선생으로 박제가나 이덕무가 아닌 연암 박지원을 선택한 이유를 늘어놓았다. 올바른 선택이었을까? 판단은 이 글을 읽는 여러분의 몫이다.

참고 문헌

1) 〈정석치 제문〉, 《연암집》 제10권 별집. 신호열, 김명호 역, 민족문화추진회 편

2) 《공작관문고》 〈자서〉 제3권, 신호열, 김명호 역, 민족문화추진회 편

3) 《능양시집서》 제7권 별집, 신호열, 김명호 역, 민족문화추진회 편

4) 〈창애에게 보내는 다섯 번째 편지〉 제5권, 신호열, 김명호 역, 민족문화추진회 편

5) 《시경》 인용 《아주 오래된 시와 사랑 이야기》 고형렬 지음, 보림

6) 《초정집》 〈서〉 제1권에서 인용, 신호열, 김명호 역, 민족문화추진회 편

7) 《공작관문고》 〈자서〉 제3권 신호열, 김명호 역, 민족문화추진회 편

8) 〈연암에서 돌아가신 형을 생각하다〉 제4권, 신호열, 김명호 역, 민족문화추진회 편

9) 〈경지에게 답함〉 제5권 《연암을 읽는다》 박희병, 돌베개)

10) 《낭환집 서》 제7권 별집, 신호열, 김명호 역, 민족문화추진회 편

11) 〈궁핍한 날의 벗〉 《궁핍한 날의 벗》 안대회 역, 태학사

12) 〈이해〉 전문 《죽비소리》 정민, 마음산책

13) 〈소단적치인〉 제1권, 신호열, 김명호 역, 민족문화추진회 편

14) 〈경지에게 보내는 세 번째 편지〉 제5권, 신호열, 김명호 역, 민족문화추진회 편

15) 《과정록》 서문, 《나의 아버지 박지원》 박희병 역, 돌베개